戲劇編寫法

方寸——著

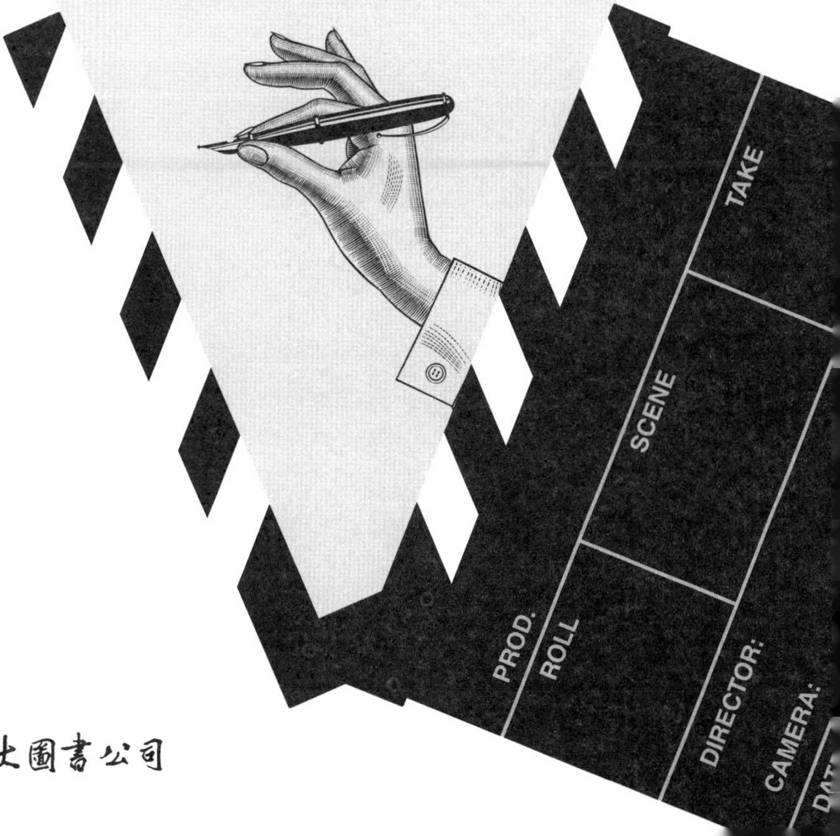

東大圖書公司

序

電視、電影、廣播甚至舞臺劇，都長期的鬧著劇本荒，眾所公認的，在這些部門中，編劇是最弱的一環，如何造就編劇人材呢，則是刻不容緩的事。

戲劇是人類文明的一朵奇花，人類文明演進至現在，這朵奇花開得更燦爛了，幾乎在任何角落，都有戲劇的演出；可以說，人類現代生活與戲劇結了不解緣。加以近來社會經濟的繁榮，物質生活急劇的提高，導致人們精神生活的失調，精神生活愈貧乏，對休閒育樂的需求愈殷切，而戲劇在生理上及心理上所給予人們的滿足，藉著今天蓬勃發展的大眾傳播事業，是最簡單、最有效、最經濟的休閒育樂工具；毋怪乎社會大眾對於劇本的需求，乃是與日俱增，這不僅僅是量的要求，質的要求也是無時或已，於是造成了劇本的長期缺乏，嚴重的影響我們戲劇藝術的進展。如何解決這個問題，當然是積極的來培養新進劇作家。

非常奇怪的，在我們出版界中，幾乎找不到一本專門指導青年朋友從事戲劇創作的書籍，有的一鱗半爪，既掛一漏萬，且無系統；有的僅是一些空洞的理論，沒有實例，叫讀者無所適從，所以有好多愛好文藝寫作的青年朋友們，常常和我談論這個問題，學習如何編寫劇本，他們經常抱怨說，他們有很好的構想，也有志從事文藝創作，更有興趣編寫劇本，但是不得其門而入；這不僅僅是個人的損失，也是戲劇界的損失，就整個文藝界來說，也是一種損失。

作者從事戲劇實際的創作工作，將近二十年的歷史了，近年來專心研究戲劇理論，再揉和個人實際創作經驗，花了將近三年的時間，寫成這本書，目的是給一些有志於戲劇創作的朋友們一點入門的指導，談不上高深的理論，也沒有什麼獨創的學術見解，僅是編寫劇本的一般「道理」而已，也是學習編劇必須要瞭解的基本「認識」。

寫作本書當初，作者就立下一個心願，叫那些即使沒有一點寫作經驗的朋友也能看得懂，也能有興趣「看」下去，因此採取「深入淺出」的原則，儘量做到由淺入深，適合任何程度的人，而且有系統地、按部就班地，將讀者領進戲劇創作的「大門」；尤其重要的，是實例的舉證：凡有必要的地方，都有實例，讓讀者將理論與實際兩相比較，幫助理解，且能提高學習的興趣。全書所舉實例大小九十多個，這在一般指導寫作的書籍中，是很少見到的。讀者讀完這本書，至少他在理論上，已經跨進了戲劇創作的大門，只要繼續努力，「登堂入室」則是指日可待的事。

目前劇本的稿費，以電視劇來說，一個小時的電視劇已在四千元左右，半個小時的約三千元，廣播劇一個小時的劇本也在兩千元左右；一個月編寫一兩個劇本，收入也相當不錯，許多工讀生問我，如何能一面讀書一面又能工作賺錢呢?我告訴他們:寫劇本——有困難嗎?只要你得其「門」而入，是不太困難的。

有許多家庭主婦也問我，她們想賺些錢貼補家用，也有些收入微薄的小職員問我，如何賺一些正當的「外快」來養家活口?我一律告訴他們快些學習編寫劇本!

編寫劇本就這麼容易嗎?人人可學嗎?當然要你有興趣、有耐心，肯用功學習，另外你還得有一些文字表達的技巧作基礎，這些都是可以學而得來的，不是「天才」的專利品。稍為困難的，就是要有想像力，但這也可以從多學習、多觀察、多思想而得來!

總而言之，只要你有這個志趣，這些問題你將可從本書裡面得到解答。

最後要就正許多戲劇界的老前輩和學者專家們，給予指正，使本書更臻完善。

方寸　一九七七年九月一日
於中壢

戲劇編寫法

目次

第一編
戲劇與人生

第一章　戲劇的沿革

在人類文明進化的歷程中，戲劇究竟怎樣發生的呢，它又佔著什麼樣的地位呢？戲劇的起源，有許多說法，各派學者有各派的主張，這裡我們不想討論他們的差別，那是一種各說其是的爭論未決的問題，這裡我們只想找出他們立論的共同點，簡單的來說明這個問題。

戲劇的起源是基於人類的一個共同的「特性」，就是模仿，也就是說戲劇起源於人類的模仿本能，基於人類的模仿本能，戲劇才有發生的「起點」。

二千多年前希臘哲學家亞里斯多德（Aristotle），寫了本名著《詩學》（Poetics），認為模仿是人類的一種本能。有了這種本能，人類的一切藝術的發生才有可能；發揮這種本能，人類便獲得身心的快感和平衡，戲劇的種子便這樣的萌芽。

人類模仿的本能是不分年齡的，小孩子固然喜歡模仿，大人也喜歡模仿，小孩子模仿的對象單純，大人模仿的對象複雜；人類不僅模仿同伴人類自己，更主要的是模仿他們生存的環境——大自然。人類模仿大自然的色彩便產生了繪畫，模仿大自然的聲音，於是便有了音樂，跳舞便是模仿大自然的動作；至於戲劇集一切模仿之大成，所以戲劇被稱為「綜合的藝術」。

希臘的戲劇，最初是模仿天神和古代英雄的事蹟，中國的戲劇是模仿祀神的動作，於是宗教在戲劇的起源上成了培育的溫床。不論中外，古代民族在與大自然的搏鬥中——崇拜大自然，於是乎就有了宗教；在宗教祭祀的儀式中，為了增加其隆重性，於是模仿各種「神明」的「威力」和崇拜的要旨；這種「神明」有的也是「人」，是人類的英雄，由於人類崇拜英雄的心理，便模仿他的事蹟，戲劇的形式便底定了。

古希臘的悲劇是歌頌他們的英雄，中國一般地方戲劇大多數以劉關張三結義為題材，人類崇拜英雄的心理將戲劇由「祀神」擴大至人類自己，開拓了戲劇的內容。

西洋戲劇最早期的是希臘的悲劇，亞里斯多德的《詩學》悲劇理論，對後世影響很大。在希臘悲劇衰微之後，代之而起的是羅馬的戲劇。

羅馬文化深受希臘文化的影響，戲劇方面亦不例外，脫離不了希臘悲劇的範疇。羅馬帝國衰落之後，歐洲進入了黑暗時期，戲劇也停滯而沉寂下來了。一直到文藝復興，戲劇隨著「學問復興」（The Revival of Learning）的活動而復活了。戲劇的內容也由希臘悲劇理論的箝制而獲得了解脫，這時期出了不少的戲劇作家和理論家。

十八世紀下半期以前，戲劇始終在「古典」文學的陰影下發展，到了十八世紀下半期以後，於是就有了「浪漫主義」的出現。浪漫主義是以描劃人類的感情和赤裸的慾望為主體的，反對戲劇的陳腐規律，而崇尚自然，注重人的精神與感情生活。

這時期黑格爾（Georg Hegel）根據他「矛盾是推動事物的力量」的學說，創立了「戲劇的衝突」說，對後世的戲劇理論影響極大。

浪漫主義大師雨果（Victor Hugo），實際也是寫實主義的橋樑，他直接影響了巴爾札克（Honore Balzac）的作品。到左拉（Emile Zola）時，又走上了自然主義的道路，此後有小仲馬（Alexandre Dumas fils），直到易卜生（Henrik Ibsen）一八五〇年的第一個劇本《卡特琳》（Catiline）問世，揭開了戲劇文藝復興的大旗。易卜生寫過許多有名的劇本，他的作風、技巧以及戲劇觀點，已成為現代劇作家一致推崇和學習的圭臬。

在西洋戲劇史上，希臘的悲劇、莎士比亞、易卜生代表著三種時期，也是戲劇史上三種發展高峰。在人類文明發展的歷程中，以戲劇而言，到了易卜生無論就思想或技巧言，都有了「成熟」的收獲。尤其在思想方面，易卜生主張「自由與悟性」，以現代的戲劇術語來說，他主張「社會問題劇」，他這種思想不僅直接影響了蕭伯納（George Bernard Shaw）和歐尼爾（Eugene O'Neill）的作品，同時也為後世的劇作家標立了正確的方向。

中國戲劇最早有可考證的，有所謂「王劉許三家之說」，王就是王國維，王說：「歌舞之興，其始於古之巫乎？」劉就是劉師培，劉說：「頌列於詩，尤戲曲列於詩詞中也。」許就是許之衡，許說：「上古之時，即有歌舞。帝王世紀云：黃帝使伶倫氏為渡漳之歌。伶倫氏乃司樂之官。」這就是說，巫也好、頌也好、樂也好，都是中國戲劇的前身；直到元代，中國的戲劇才有了具體的形式。

有人說中國的戲劇由蒙古輸入，有的說受了印度梵劇的影響，而印度的梵劇則受古希臘的影響。中國歷代的戲劇都與「戲曲」通稱，曲者唱也，中國的戲劇殆半屬於「歌舞劇」這一類。嚴格的分類，中國古時的戲曲只有兩種，一是「傳奇」，一是「雜串」，都是以「曲」為表達的主要方式；到了元代，是發展的最高峰，其中產生了很多有價值的作品。

元代以後，中國的地方戲曲也很發達，各地有各地的戲曲，如崑曲、湘曲、越劇、平劇……內容上都大同小異，只是唱曲的腔調不同，依方言而定。

由於我國的士大夫觀念，優伶這一行，在中國社會上是沒有地位的，但在中國文學史上，「元曲」卻有其重要地位。在亞洲各國文化中，中國的元曲給鄰邦的影響卻相當深遠，以日本而言，他們早期的戲劇是以元曲為藍本的；到現在，日本的地方戲劇中，仍以中國歷史人物為題材的腳本，而且廣受歡迎。

五四運動以後，戲劇也隨著文藝復興大放異彩，到了抗戰時期，「話劇」蓬勃興起，肩負起了時代的使命，街頭巷尾，三張兩張椅子一擺，就有戲劇的演出，其中也不乏有價值的作品。

人類一部戲劇發展史，就是一部奮鬥史，也是一部人類理想追求的時代紀錄史，戲劇發展到了現代，成了人類文明中的一朵奇花，繽紛奪目、多采多姿，隨著人類文明的演進，它正向前邁著大步哩。

第二章 戲劇與生活

由於人類生活需求的結果，便有人類文明的誕生，更由於人類文明的進步而推動了人類生活的向前，這是互為因果的演進，戲劇是人類文明的一環，戲劇在推動人類的生活上，佔有重要的地位。

上古時代的人類，過著與自然搏鬥的生活，人類由於畏懼自然，進而崇拜自然，宗教便在這種時期誕生。人在宗教的祭祀儀式中，為了討神的喜悅，和表達首領（酋長）的意旨，儘量的模仿各種大自然的聲音（音樂）、色彩（繪畫）、動作（舞蹈），人在這些模仿中得到了滿足慰藉，也孕育著下一次搏鬥的力量。在搏鬥的過程中，產生了英雄人物，於是由於人類崇拜英雄的心理，這些英雄的事蹟，不斷的由別人模仿出來，於是人們便得到了鼓勵、教訓，而產生了下一次更勇敢更智慧的行動。

這一切的進行，就是戲劇對人類生活推進的開始。

在人類諸多藝術的發展史上，戲劇是較音樂、繪畫、雕刻、舞蹈、藝術發生較晚的，因為它是「綜合的藝術」，它是集各項藝術之大成，也是將人類各項藝術提供了最大發揮的場地，進而推動人類各項藝術向前發展。

以繪畫而論，人類在模仿對象的環境上，必須要與實際或想像的相符合，這就是布景的繪製；同樣的理由，在演員的臉譜與衣飾上，尤要求個性與華麗。於是這在觀眾的心理上，起了推動作用，我們舉一個最近的例子：在《羅馬假期》電影中，女主角赫本的髮型，隨著電影的傳播，使這種髮型迅速地在各地流行起來，婦女競相效尤。

這是戲劇的表面影響力而言，但在無形的推動力量，對人類生活的影響是無法估計的。

戲劇是反映人生的，它是人類的一面鏡子，忠實的將人類自己的面貌顯現出來；它甚至可以說是人類的一種歷史，而更生動的扮演其時代的特性；從而啟導人類的智慧，標示人類的光明方向和路程，手執著這面鏡子的，是劇作家，劇作家是社會的導師，是人類的領航者。作為一個劇作家，是艱難、驕傲而又榮譽的事。

跟著人類文明而俱來的，戲劇便是諸多藝術中的一種最生動的藝術。隨著人類文明的演進，戲劇始終在扮演著重要的角色；人類有生活就有了戲劇，戲劇推動著人類的文明，表現著人類的思想、動作、期待和理想。

世界上有許多學者，對戲劇的起源，看法有差別，但有一點可以肯定的：人類在進入集體生活之時，戲劇擔負起了重大的責任；它傳播思想、建立原則、褒貶忠奸，將人類的生活點綴和扮演得多采多姿。

尤以現代人類的生活與戲劇脫離不了關係，戲劇發展到今天，成了人類文明的一朵奇花，也成了人們生活的必需品。假使沒有戲劇，人類的生活就像沙漠缺少綠洲，寂寞、單調，而失去進取性與榮譽感，人類的文明將停滯而不前進，這在現代人對戲劇的熱愛上，表現得尤為突出。

沒有人不喜歡看電影，即使少數不愛看電影，那只是對某些粗俗、低劣的電影不感興趣而已，真正有藝術價值的電影，基於人類對真善美追求的至性，是沒有人不欣賞的。近代電視事業的興起和發達，將戲劇帶進了每個家庭，是戲劇在型態上的一大革新，內容上的一大普及，使這朵文明的奇花，開得更燦爛，更叫人熱愛而無與倫比了。

大家都知道，戲劇是一種綜合藝術，社會的經濟背景，民族的傳統特性，在戲劇裡表現得更為具體和真實，在文學的領域裡戲劇跟小說詩歌完全不同，戲劇透過舞臺、布景、演員的刻劃、燈光效果的陪襯、導演的運籌……戲劇表現的是立體的美、是可以捉摸的、是可以感覺的；因此，它是生活性的，觀眾也是演員，演員也是觀眾，在人類藝術的範疇中，唯有戲劇才具有這種特性，所以它更能表現人類的生活，而推動人類生活向前進。

第三章　戲劇的價值

戲劇既是綜合的藝術，它的表達是立體的，觀眾所得到的感受是多方面的，以及這多方面匯集的綜合感受，這是其他藝術、文學所不及的。

戲劇的效果產生於其可能性，不是產生於必然性，這是我們必須要認清楚的，有些不十分瞭解的人，批評某戲劇如何如何，沒有發生的必然性，這是外行人說的話，大可不必計較。

人類自有了歷史以來，就有了戲劇，戲劇發展到了今天，已成了生活的必需品，它的價值是多方面的，正如它是「多方面的組合」一樣，在文學的範疇中，還沒有出其右者。

現在分別就其價值簡單說明如下：

娛樂價值

人需要工作才能生存，人必須休息才能繼續工作，人從休息中獲得身心的平衡，從休息中使情緒得到平穩，於是人就需要娛樂來調劑身心和發抒情感，而戲劇則是最好的娛樂工具。古時宮庭王室都養著一批戲班子，是一種貴族享受，平民是無法看到的；現代，戲劇已進入每個家庭，可以說地球上每個角落，都有戲劇的表演，無論它採取什麼型態，它之娛樂觀眾則一。

戲劇之所以有這麼大的娛樂價值，是基於它的發洩情感的作用，人由於自身或環境的關係，情感是複雜的，時時爭取發洩的機會。人從戲劇中，發洩他的喜怒哀樂，與劇中人同哭同笑中，他的情感得到了「清瀉」作用，他的心理也就得到了慰藉與平衡。

藝術價值

戲劇是集繪畫、音樂、舞蹈、文藝、雕刻、建築、光學等於一爐，所以有人稱它為「綜合的藝術」。舉凡人生的一切哲理、技術、文藝，它無不包含，處理這些瑣碎而複雜的事物，而能井然有序的呈現於觀眾之前，是要透過高度的藝術手法的；它雖不能稱為純粹的藝術，但它表現的藝術性是無可否認，它給觀眾美的享受、理想的追求和最真實的寫照，以探求人生最完美的境界，這是藝術的極至。

戲劇的藝術價值來自它的社會性和綜合性，戲劇是集體生活的一種，它包涵著好人、壞人、誠實的、邪惡的、可愛的、可憎的、進取的、頹萎的……各式各樣的人，它將大世界縮小成一點，俗語說：「一粒砂裡見世界。」觀眾透過這短短的時間內，他不但看到了廣袤的世界，也看到了時間的永恆，所以它是綜合的藝術。

教育價值

戲劇貶惡揚善，教忠教孝，觀眾從戲劇的感染中，收到潛移默化之效，它的啟發性和教育性，在文學的領域裡，無有出其右者。近年常聽人說，寓教於樂，就是看上了戲劇的教育價值。

戲劇的教育價值來自它的娛樂性，因為戲劇是以「戲」來教育觀眾，不是板著面孔說教，它是生動的、娛樂的，觀眾從它的戲劇情節中，受到了感染、內心起了共鳴、情感有了激勵，無形之中，可以轉變他的觀感、改變他的思緒、導引他的情感，這就完成了戲劇的最終目的。

戲劇另外有宣傳效用、文化效用等等，這些都是基於上面三點而發生的，本書著重於實際的編寫方法、一般的理論，只簡單的提出個扼要，讀者有一個輪廓就可以了，不必再深入去研究它。

第二編

戲劇基本編寫法

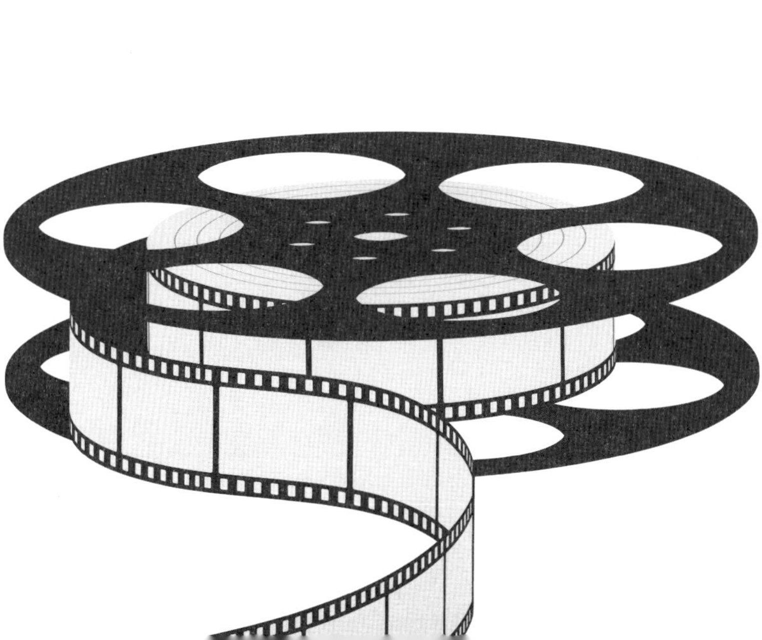

第一章　戲與衝突

戲劇與小說詩歌的創作法是大不相同的，它們在基本道理上有顯殊的差別，本章所討論的就是戲劇創作最基本的認識，為了讓讀者易於瞭解，從最基本最簡單的談起。

怎麼樣編寫劇本呢？

首先，我們必須要瞭解「什麼叫做戲？」也就是要弄清楚戲的「本質」是什麼，我們才能著手去編寫一個劇本。

戲的本質

前面說過，大多數人都喜歡看戲，每個人也都有看戲的經驗，甚至從襁褓時期，在母親的懷裡就開始看戲了，假使問他：「什麼叫做戲？」恐怕很少的人能夠回答這個問題。

為什麼回答不出來呢？是因為沒有注意。看戲就是看戲，沒有必要去思想它什麼叫做戲，正如我們常用桌子寫字，桌子就是桌子，筆就是筆，紙就是紙，沒有必要去思想其所以然；但是我們如果要從事戲劇創作，或者要深入去欣賞一齣戲，我們就不得不正視這個「問題」。也就是說我們必先瞭解所謂「戲」是什麼東西以後，才能從事戲劇的創作，這是從事戲劇創作的第一步。

衝突構成戲

那麼什麼叫做「戲」呢？也就是說「戲的本質」是什麼，我們可以用最簡單的兩個字來解釋它的涵義，那就是「衝突」（conflict）兩個字。戲的本質就是衝突，由衝突構成戲。

下面有兩個故事，讀者可以先行比較一下：

例一

甲男與乙女相遇於公園，彼此一見鍾情，隨即墜入愛河，繼而訂婚，結婚生子，十分順利幸福。

例二

甲男與乙女相遇公園，彼此一見鍾情，隨即墜入愛河；但是男方家長反對，女的也有波折，彼此之間卻相愛不渝，然後突破重重難關，獲得最後的成功，有情人終成眷屬。

上面是兩個簡單的故事，你認為哪一個故事是「戲」呢?當然是「例二」的故事。為什麼「例一」的故事不是戲，「例二」的故事是戲呢?因為例一的故事一帆風順，如一本流水帳，「表現」不出什麼來，例二故事卻不然，裡面有衝激、有奮鬥、有苦樂，它表現了男女主角的感情與意志。簡單的說，前面的故事沒有衝突，後面的故事有衝突，所以才是「戲」。初學編劇的讀者，對這一點尤其要認識清楚，才能「把握」編劇的素材。

亞里斯多德（Aristotle）主張戲劇是「動作」，他又說過戲劇基本要素是衝突以及戲劇是意志的衝突的話。十九世紀黑格爾（Georg Hegel）根據他「矛盾是推動事物的力量」的觀點，創立了戲劇的衝突說，其後法國的班拿帖爾（Frerdinaud Brunotiere）說戲劇的基本要素是衝突，給戲劇的定義奠定了基礎；這幾位哲學家，對戲劇的理論有很大的貢獻。

中外古今各種戲劇，仔細分析起來，其基本「要素」就是衝突。戲之所以成為戲，就是因為它有「衝突性」，如將「衝突」從戲裡拿掉，戲就成了沒有靈魂的死的軀殼，無怪乎也有人稱「衝突」為戲劇的靈魂。

現在我們明白了什麼是戲，戲就是衝突，戲的本質就是衝突，例如桌子，它是由木材做的，戲是由衝突構成的。

衝突的類別

那麼「衝突」又是什麼呢？要明瞭這個問題，我們先從衝突的類別談起：

一、人與人的衝突

例如甲乙同愛一個女性，他們就起了衝突，千方百計爭取女性的好感，同時也想辦法來打擊對方；再如甲乙為了爭取某一個較高級的職位，討好上司，攻擊對方，各出手段，明爭暗鬥，於是就發生了許許多多的事情，甚至牽連了第三者，這就是人與人的衝突。

二、是人與環境的衝突

這裡所說的環境，包括事物與人在內，其中也許有別的人，甚至包括他自己，例如某人爬山，突然迷路，但風雨緊急，他想繼續向前爬而達到目的地，又怕安全有問題，發生危險，而想回頭走，這時跟他衝突的不僅是環境，也是他自己。

三、自己與自己的衝突

也就是內心的衝突。某人窮途末路，一天進了朋友的家，見桌上的錢，心想竊取，又覺愧對友人，愧對良心，想竊取的是他另一個飢渴的自我，不想竊取的是他道義上的自我，兩個自我在內心起了衝突。

戲劇是反映人生的，也就是說戲劇刻劃的是人間各種衝突。人性是複雜的，人與人的關係複雜而微妙，因此，可以說人際的衝突各式各樣，戲劇的衝突更是形形色色，但分析起來卻不外以上三種，有時這三種衝突同時進行。戲劇的衝突，不論是哪一種，不是感情的，就是意志的；若是好戲，不僅僅是外在的衝突，而且還是深入內在的衝突，這樣的戲有如嚼檳榔，越嚼越有味，越看越想看。

衝突的性質

明瞭了衝突的類別，再來談衝突的性質，當更能容易領悟其涵意，衝突的性質是什麼？也就是前面說的「什麼是衝突」呢？

一、衝突是一種對立

所謂對立，簡單的說就是你要向東，我要向西；你喜歡吃甜的，我喜歡吃鹹的；你要睡覺，我想唱歌……諸如此類的事，這僅是一種表面的、粗淺的對立，為了造成戲劇的效果，這種對立也可以從一種對比開始，譬如兩軍將要交戰，一方面誇大甲軍如何如何強大，一方面誇大乙軍如何如何弱小，這是物質上的對比；但在精神方面，可以強調甲軍的戰志不強，領導無方，以及士氣的渙散，而乙軍恰恰相反，這種對比，也是對立的一種。

初學編劇的人，往往把對立寫成吵架，一齣戲從頭吵到尾，這是編劇的大忌。表面的對立不如內心的對立，物質的對立不如精神的對立，表面的破口大罵，不如暗地的勾心鬥角，讀者在安排劇情上要特別注意這一點。

二、衝突是一種矛盾

矛盾是個人的「對立」，這是內心的活動，再到外在的行動，本來好的戲是寫在內心的衝突，許多人就直截了當的承認「戲劇就是意志的衝突」。

一個人自己內心有矛盾，人與人之間也有矛盾，人與事物之間也有矛盾，因為某特定的原因而生出這種矛盾，便是戲劇的衝突，劇作者抓到這種矛盾，而找出它們特定的緣由，這是劇作者在選擇素材和構思故事的時候，必須把握的一個原則。

初學編劇的人，常犯的錯誤，就是抓不住劇中人物的矛盾，或者東拉西扯，與主題無關，這要多觀察、多練習、多思想。

三、衝突是一種動作的追逐

所謂「動作的追逐」，也有人稱之為「動作的連鎖」，就是說一個動作推動另一個動作，例如大海的波浪，後浪推前浪，這就是動作的連鎖，也是動作的一種追逐。近代西洋戲劇理論家，有一部分主張「戲劇不一定要有衝突」，就是根據這個道理。其實，他們雖然主張戲劇不一定要有衝突，但他們不能否認戲劇裡要有「動作」，動作的起點與發展（動作的發生必然有個原因，也必然要發展下去才構成戲）必然有衝突，我們舉一個最淺明的例子：以物理學觀點言，一個動作加諸另一動作，必產生反作用力，這反作用力，以戲劇的觀點言，就是衝突，這種理論頗深，初學編劇的人還不必去深究。

衝突不是戲

現在明白了衝突與戲的關係，衝突的類別與性質，那麼再進一步提出一個問題：「衝突是不是就是戲呢？」回答卻是否定的：「衝突不一定就是戲！」

讀者一定要弄糊塗了，前面既然說戲的本質是衝突，由衝突構成戲，這裡為什麼又說，衝突不一定就是戲呢，豈不是自相矛盾嗎？有一個簡單的道理，桌子是由木材構成的，但是你能說木材就是桌子嗎？同樣的道理，戲是由衝突構成的，但是衝突的本身不一定就是戲。

請先比較下面兩個例子：

例三

甲乙二人狹路相撞，由互相瞪眼、相罵、繼而大打出手，然後分開，不了了之。

例四

甲對乙懷有宿怨，狹路相逢，甲趁機欲害之，撞乙倒地，乙受傷，友慫恿乙提出告訴，乙為息事寧人，原諒之；第二次又相遇，甲欲施故技，乙有防備，甲反被後方來車撞傷，乙不計前嫌，送醫急救，照料有加，甲生感動，前嫌盡棄，悔恨孟浪，反與乙成了莫逆。

上面兩個例子，哪一個是戲呢？不用說，當然是例四。原來我們所說的戲是有「組織」，有中心思想的衝突，不是零亂的衝突，漫無目的的衝突，如果我們把例三的故事不加處理，赤裸裸的搬上舞臺，相信這種「戲」不會有人看，因為它本身並不構成戲。

有組織的衝突

將例三的故事，加上「組織」，加上中心思想，就變成了例四的故事，這種「衝突」才是戲。一張桌子，由木材開始，經過木匠的選材，再擇定了某種形式（如書桌、飯桌），從其結構而製成的。同樣的，由劇作者選定了題材（衝突），再根據某種特定的形式（如電視劇、舞臺劇、悲劇、喜劇等），將它組織（結構），再加上中心思想（主題）而後創作成戲劇。

這裡說的「組織」，戲劇的術語便是「結構」，有結構的衝突才能創作成戲劇，怎樣才是「有結構的衝突」呢？這是從事戲劇創作第二步要注意的事。

第二章　結構與故事

把各種衝突組織起來，在戲劇中的說法，叫做結構。如果說，結構是戲劇的靈魂，故事就是這個靈魂的「軀體」。

靈魂的軀體

如何結構一齣戲劇呢，怎樣來組織各種衝突呢？要明瞭這一點，我們先從「靈魂的軀體」，也就是先從故事談起。

前章說過，戲的本質是衝突，由衝突構成戲，衝突的具體形象就是故事。無論寫小說、寫戲劇，必先要有一個故事，然後才能動筆，我們欣賞一篇小說，或是欣賞一齣戲，首先也是看它的故事，常常聽人說「可讀性」如何如何，是否引人入勝，叫人看得下去？否則的話，是很難叫人繼續看下去的；對於戲劇來說，這一點要求得特別高，一齣戲如果沒有引人入勝的故事，註定要失敗的。

戲劇的故事

怎樣選擇戲劇的故事呢？什麼樣的故事才適合編劇呢？它必須具備下列三點：

一、衝突性

前面我們談到衝突與戲劇的關係：由衝突才能構成戲，這個故事如果沒有衝突性，也就是一個「沒有戲」的故事，當然不適合編成戲劇。

這是學習編劇的基本認識，我們選一個編劇的故事（題材），一定要它具有衝突性，這是最基本的條件，否則這個故事根本就不能編成劇本，作者白費力氣，無論電視、廣播、電影，以及舞臺劇，讀者只要稍為留意一下，就可以發現，每種戲劇裡面都有強烈的衝突。舉一個具體的例子：在《爭鬥》（Strife, 1909，英國作者 John Galsworthy）一劇中，資本家與勞工的衝突，鮮明而強烈，這是典型的戲劇故事的例子。

有人說戲劇是善惡的鬥爭、是非的鬥爭、美醜的鬥爭，結果產生更完美、更理想的事物。

二、可能性

戲劇是反映人生的，它是描劃種種發生在人與人間的大小事情，這個故事不論是耳聞的、目睹的，或是想像的，總要合情合理。所謂「合情合理」，就是可能性，如果一齣戲叫人作這樣的感想：「這種事不可能發生！」這齣戲就失敗了一大半。

戲劇既是描寫人生百態，也就是說描寫人與人間的各種形態，那麼這種事情一定在人間發生過，或者「有可能」發生，讀者才會覺得真實、親切，才會在感情上起共鳴；藝術與文學的最起碼要求是真，戲劇尤其不能例外。

這裡注意的是「可能」，而不是「必然」，有許多外行人批評戲劇，說某些事「必然」不會發生，這是一種錯誤的論斷，人世間變幻莫測，誰能斷定某些事「必然」會發生，某些事「必然」不會發生，如果說有人肯定某些事必然會發生，這是一種頹萎的變相的「宿命論」者，這是與進取的戲劇精神背道而馳的事。

三、完整性

戲與小說不同，小說可以抓住人生的片斷寫下來，可以無頭無尾，戲卻不能這樣，它雖也可以抓住一個片斷，但必須先把這個片斷加上頭，加上尾，灌注作者的中心思想，先把它組織成一個完整的故事，才能動筆。

文學與藝術的形態要求的是完美，雖然也有人主張所謂「缺憾美」。然而就整個形態言，也是「完整」中的一種；戲劇要求的完整是它的本質，因為衝突後必是產生某一種結果，而這種結果必須對觀眾負責，由結果往上推，這種結果是由某些衝突構成的，而這些衝突是由某些原則產生的；戲劇所呈現的，就是這種過程，其中缺一，就無法構成戲。

明瞭了戲劇故事的特性，現在就可以「構思」一個故事了。這是劇作者面臨的第一個問題。

確定主題

故事的來源，有作者親身經歷的、有耳聞目睹的，也有作者憑想像得來的，不論是哪一種，它脫離不了作者的經驗，也就是說作者憑他的經驗來處理故事。

如例三，劇作者看見兩個不相識的人，在路上相碰一下而大打出手，因而結下仇隙，如果下次再狹路相逢，恐要演出更大悲劇；劇作者看見了（抓著了）這個現象（片斷），心裡就生出一種感想：為什麼人類這樣的不能容忍呢？這樣發展下去，豈不成了暴戾兇殺的社會嗎？他要糾正人們這種錯誤，於是他要將他所見的，編成一齣戲劇來規勸人們，於是他就確定了一個主題：指出人們這種不相容忍的行為是錯誤的，並且提出一個解決的辦法，不但要容忍，而且要以德化怨。

主題確定，作者就要來「構思」這個故事，也許他僅僅看到例三故事，於是他根據主題將故事這樣發展下去：甲乙互毆，甲吃虧，記恨在心，第二次碰見時（進入例四）便故意將乙撞傷，乙因為上次與甲打架心尚後悔，甲重施故技，反而自己受傷，幸賴乙送醫急救，甲於是心生感動，盡棄前嫌，遂成好友。

發展到這裡，這故事可以說完整了，不但有可能性，而且衝突也很大，是一個適合編劇的故事，那麼從哪裡著手呢？也就是說從哪裡開始寫起呢？

戲劇的開場

戲劇的開始對這齣戲的關係很大，一開始就能引人入勝、抓住觀眾，就會有人繼續看下去。戲劇的開場，有一個不變的原則，就是激發觀眾的興趣，要絕對避免說教、交代等沉悶的場面。

舊時編劇法，在開場（或者第一幕）用動作和對白來介紹劇中人物及彼此關係，以及這故事發生的時地，戲劇發展到今天，這早已是落伍的寫法，被劇作家捨棄不用了。

現代的編劇法，一開場就要從最精彩處寫起，然後在戲的發展中，再巧妙而不影響劇情進行下，去介紹人物和劇情，這是初學編劇者，必須要先抓到的一個要領。

戲劇的開場沒有固定的格式，有人比作剖西瓜，從哪裡下刀都可以。

例五

（一條小巷，甲乙相對匆匆而來，撞了個滿懷）

甲：（氣極，破口大罵）混蛋東西，你走路不長眼睛的？

乙：我又不是故意的，剛才明明是你……

甲：（火上加油）什麼？你還怪我，老子揍你。

（甲揮拳打乙，乙應戰，兩人大打出手）

但是我們也可以這樣的開頭：

例六

（一條小巷，甲乙相對匆匆而來）

（甲不懷好意向乙匆匆撞去，乙閃躲不及，倒地，受傷）

甲：上一次讓你佔了便宜，這一次你可認識小太公的本事了吧。

乙：（搜索記憶）你……你是誰？

甲：你忘了？上次你不是在這裡逞過威風嗎？老子一時大意，吃了你幾下……

乙：（想起）呵，原來是你。

甲：（冷笑）嘿嘿嘿嘿，這叫做冤家路狹，有本事的你使出來吧。

這個開場是從第二次衝突寫起，第一次衝突僅在對話中「交代」一下就過去了。例五則是從第一次衝突寫起。

劇情的進行

戲劇開了場，劇情就必須接著發展下去，向著最高峰發展，在開場與高峰間，劇情發展不能平鋪直敘的進行，而是波浪式的進行；這就是說，劇情的進展，要有高潮，像波浪的起伏不定，所謂「波譎雲詭」，叫人捉摸不定，這才能抓住觀眾。

因為現代的戲劇，一開場就是一個大高潮，所有的這齣戲的來龍去脈、人物關係等等，都留待劇情發展中去交代。如何交代呢？先從劇情發展的過程談起，劇情的發展要注意幾件事：

一、要曲折

戲劇情節講究的是峰迴路轉，柳暗花明，叫人意想不到，卻又不能不期待它的結果，如果一齣戲，看了前面，就先知道後面的情節，這就不是好戲。

打個比方說，為什麼很多人喜歡看打棒球呢？如果兩隊旗鼓相當，更是好看，雙方你來我往，一會兒你贏，一會兒我輸，眼看得分的一局，忽然變成殘壘，明明不可能得分的，居然在二出局後，奇峰突轉，一棒回天，來個全壘打；諸如此類，不打完最後一棒，誰也無法斷定誰輸誰贏，要是兩隊實力懸殊，賽程呈一面倒，觀眾就覺得乏味，因為它的結果自在觀眾意料之中，猶如看了前面就知道後面的劇情的戲劇，同樣令觀眾提不起興趣。

二、要懸疑

俗語說「賣關子」，不到最後關頭（緊要關頭）決不掀底，即使掀了底（或者將要掀底），第二個懸疑又來了，叫人心緊目張，滿腹疑團，非看到結果而後快，這種戲就是成功的戲。

戲劇裡的懸疑有兩種：一種是純劇情性的懸疑，一種是純感情性的懸疑。劇情性的懸疑，是基於觀眾的好奇心，故意將答案隱藏起來，也就是俗語說的：故布疑陣，叫觀眾猜不透，到了最後關頭才出現答案，這是比較機械性的，也就是說作者如果技巧熟練，肯花一點腦筋，是不太困難安排的；但是感情性的懸疑就不太容易了，所謂感情性的懸疑，是基於全劇所表達的感情，令觀眾有一種期待和迫切企求的結果出現，雖然這種結果，自在觀眾心目中有了答案，但基於人類共通的情感特性，不能不期待它的結果，並非基於好奇心，而是基於感情的作用。

三、要緊張

戲最怕的就是無可無不可，這樣也行，那樣也好，叫人看了不起勁；戲講究的必須如此，不能不如此，而如此下去，卻又有危險，譬如過獨木橋，身後風雨緊急，又無他路可尋，觀眾就必會屏息靜氣，心驚肉跳的來看他過橋，等他過了橋，觀眾才會喘過一口氣來。

鬆弛是戲劇的大敵，戲劇情節要避免鬆弛的方法，就是要精簡，儘量刪除不必要的情節，要做到「緊湊」，然後才能談到緊張。其次就是要製造「壓迫感」，例如有人要暗殺某人，他一步步向那人接近，可是那人渾然不覺，依然睡他的大覺，如果那人是好人，觀眾的心裡就覺得壓力更大，壞人向前走一步，觀眾的心就跳一下，他越接近，觀眾越心急，觀眾在感情上所受的壓迫，直到那好人脫險後才鬆一口氣。聰明的劇作者會很巧妙的製造這種壓迫感，這裡還未喘口氣，那裡又產生了新的壓迫感，觀眾看的提心吊膽，等到好人出頭，惡人被懲，真相大白之後，觀眾才真正喘息下來，所謂「盪氣迴腸」就是這種感受。

除了以上三點以外，還有人主張所謂「統一性」，就是說劇情的進行前後必須一致，古希臘的戲劇理論主張「三一律」，就是時間、地點、事件要有一致性，歷來許多戲劇理論家主張的「統一性」，都太陳腐，例如美國洛厄教授（K. T. Rowe）提出的統一性三點辨法，就不合現代戲劇的潮流，初學編劇的讀者只要把握幾個要點，大致不會發生什麼大錯誤，這些要點是劇情進行時間不能前後矛盾，地點不能前後矛盾，人物性格也不能前後矛盾，這三樣合起來也不能彼此矛盾。怎樣才能做到不互相矛盾呢？讀者只要稍具一點基本常識是不難分析判斷出來的。

上面幾點，是安排劇情發展中要注意的事項，這些安排（過程）只是為了一件事而做的，就是最後的大高潮，也就是整個故事的總解決，所有的曲折、懸疑，緊張到了這裡全部掀了底，有了結果。

明白了上面劇情發展過程中要注意的事項，我們再回來談談開場戲：開場戲從最緊要最危急的地方寫起，然後在劇情的進行中，將它的來龍去脈說明交代，這種說明交代，不能專門闢一場戲下來，像話家常一樣的細訴從頭，這是冷場；所謂「冷場」，就是「沒有戲的一場」，也就是說沒有必要存在戲裡，一開頭就必須將它剔除。初學編劇的人，往往把開場的高潮戲寫下來以後，就以為可以安安靜靜的坐下來交代事物，補敘原委，其實這是大錯特錯的事情。

十九世紀英國大戲劇家易卜生，被稱為「現代戲劇之父」，他編劇就捨棄在他以前那些劇作家，甚至包括莎士比亞常用的準備階段，而是從最緊張最危急的緊要關頭開始，把過去的事物，在「動作」中去說明交代，這裡要請讀者注意「動作」二字，這是說在劇情及劇中人

「動」的情況中去說明，換言之，就是用「戲」去交代「戲」；初學編劇的人，這點做起來也許困難，只要記住這個原則，隨時留意，慢慢的就不難得心應手。

戲劇的高潮

前面說過，戲開場以後，劇情就接著發展，這種發展，不是水平面的，而是波浪形往上爬的，請看下面這個圖：

例七

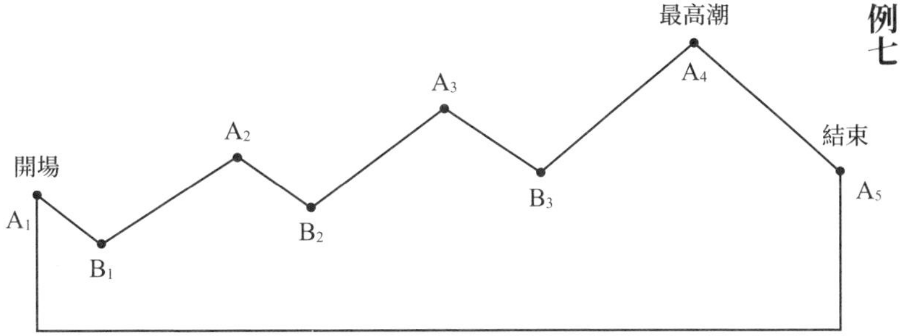

A_1是開場，是一個高潮，接著劇情向下發展，成為低潮B_1，然後劇情又向上發展，達到另一個高潮A_2，接著又是低潮B_2、高潮A_3、低潮B_3，最後發展到最高潮，就是戲劇的中心點，稱為「戲劇的主要動作」，也就是這齣戲的最大的衝突，到了這裡，戲劇也就到了結束的尾聲。

從高潮A_1到A_4，一個比一個高，從低潮B_1到結束，每個低潮也比前面的高，從整個的劇情發展看，即使向低潮發展，仍是向前向上的，是另一個高潮的準備，我們用這一個圖來表明戲劇的進行方向，是要讀者容易理解劇情的發展進行方式，雖然每一齣戲不一定照這個公式發展，但大概說來，它的原則是不會錯的。

一齣戲一定有一個主要的動作，也就是它的最高潮，所有的劇情，到這裡都有了個交代、有了個結果，就如上圖的A_4，前面的A_1、A_2、A_3以及B_1、B_2、B_3等等，都是A_4的準備，A_4就是這齣戲的主要動作（衝突），其他一切的動作（衝突）都是陪襯它、發展它、幫助它。

高潮對於戲是這樣的重要，沒有高潮的戲，固然是平淡無奇的，甚至可以說不配稱為戲，無論它的高潮有多少，它的最高潮是不可或缺的。

單線及多線

一齣戲裡有的只有一個故事，有的有兩三個故事穿插在一起，這就是單線或多線，幾條「線路」絞在一起，向前進行，可以減少劇情的單調，增加劇情的熱鬧。

不論線路多少，到了最高潮，必須合而為一，初學編劇的，最好從單線路寫起，否則必會弄得手忙腳亂，到最後收不了場，反而增加學習的困擾。

請看下面二圖：

例八

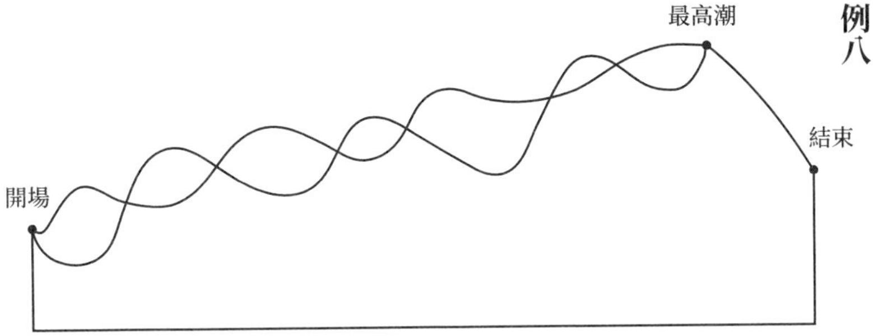

例九

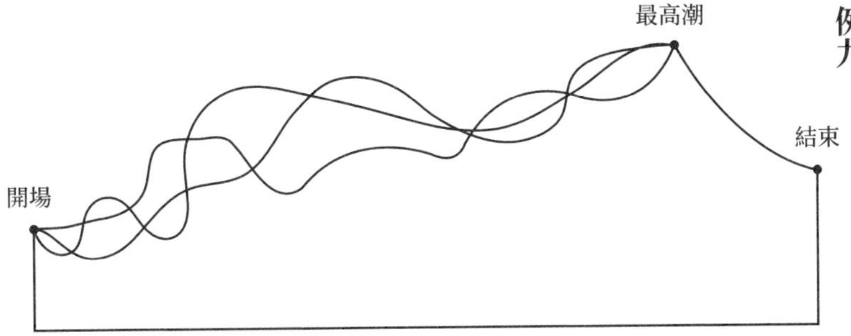

例八是從一條線再分出一條支線，到最高潮合而為一；例九是一開始就是三條線，交互進行，到最高潮合而為一。從圖面看來，例七單調，例八例九複雜而熱鬧。

戲劇的收場

不論線路的多寡，到最高潮時，必須將所有的線路合而為一，這時已到了結束的尾聲，在戲劇中稱為收場，老式的編戲法，最高潮往往安置在第三幕，最高潮過去，還有次高潮，然後收場。現代的編劇法，常常是在最高潮時，就「當機立斷」的收場，乾淨俐落、不拖泥帶水，有意想不到的效果，如果還有劇情沒交代清楚，最多也不過再拖幾句就必須結束，不然的話，就是畫蛇添足，多此一舉了。

我們看戲有一個千篇一律的格式，就是善有善報、惡有惡報，也許惡人得逞一時，但結果是悲慘的，好人失勢也只是暫時的，結果必有出頭的一天，正是人同此心，心同此理，戲劇的結束不能違反這個原則，不然這齣戲一定會引起觀眾的反感而憤憤不平的，這樣就失去了戲劇的效果。

戲劇的結構

有了故事，確定了主題，從開場將劇情波浪式的推進到最高潮，然後結束，戲劇的所謂「結構」，大概就是這些事情。現在我們可以瞭解，戲劇的結構是一種嚴密的組織方式，用最經濟、最巧妙的手法，達到啟發、保持與推進觀眾的興趣。

戲劇理論家王紹清先生論到戲劇的結構這樣說：「戲劇最初的念頭是經驗，作家對於社會上發生的一件事實，或者自己心靈上引起的一種感觸，發生興趣、經驗，也許是直接的，就是目見；也許是間接的，就是耳聞；也許是虛構的，就是想像。不管它的來源如何，它就是戲劇創作的起點，有了這個起點以後，作家就可以繼續思索，把它作成一個有頭有尾有中的完整故事。頭就是故事的開場，中就是故事的發展，尾就是故事的結束，三者缺一，故事就沒有興趣。」

文學的創作需要情感，戲劇的創作離不開文學創作的範疇，當然也需要豐富的情感，唯獨在戲劇的結構上，需冷靜的理智，它與寫詩作小說完全不同，有人說：劇作家不但要有豐富的感情，也要有冷靜的理智，其意就指處理結構而言。

談到這裡，讀者對結構二字，已經有了一個概略的觀念，也明白了如何去「結構」一個故事了，可是結構不能離開人物，本章所談的，只是戲劇的形式，最重要的還是戲劇的內容，所謂戲劇的內容，就必須先從戲劇的人物談起。

第三章 戲劇的人物

戲劇既是反映人生的，當然離不開人，戲劇的成功與否，決定於人物刻劃的深淺。前章談的結構，只是戲劇的形式，人物才是內容；結構不好的戲，固然顯得散漫，紊亂而引不起觀眾的興趣；若描寫人物不深刻，則膚淺、無味，有如流水落花，雖也繽紛多姿，但轉瞬間就煙消雲散，難以捉摸了。

描劃人物是戲劇創作的重心，也就是編劇工作最困難的地方，初學編劇的人，往往以故事（情節）來決定人物；有經驗的劇作家，或者一個成功的劇作家，則是以人物來決定情節（故事）。前者是膚淺的，但卻是學習編劇的一種過程，初學編劇的人，儘管大膽的先構思故事，再以故事來決定人物，等到有經驗以後，自然就會以人物的個性來發展情節了。

戲劇人物的特性

戲劇要描寫什麼樣的人物呢，什麼樣的人物才適合編劇呢？戲劇的人物與小說詩歌不一樣，必須具備下面的特性。

一、特殊性

一個普普通通的人，平平凡凡的人，是不太容易引起觀眾興趣的，因為他的音容笑貌，與別的人沒有兩樣，觀眾已見得太多，這樣的人是不太適合編成劇本的。唯有特殊的人，他的一舉一動、一言一行，都與眾不同，這樣的人就容易引發觀眾的興趣，才是編劇的最佳人選，但是古往今來，這樣特殊的人物又有多少呢？豈不是就無法編成劇本了嗎?!

世界上平凡的人多，特殊的人少，千百而不得一，如何在千千萬萬人群中，去尋找特殊的人，固然有賴劇作家豐富的經驗與敏銳的觀察力，但這裡可以提供一個原則，就是戲劇人物的特殊性，是在平凡中求特殊，特殊中求平凡。

一個平凡的人，有他特殊的地方，一個特殊的人也有他平凡的地方，這兩種人都是編劇的最好人物。聰明的劇作家，能很精密的從極平凡生活中去發掘特殊的事物，特殊的事物中去發掘平凡的境地，事實上大多數的戲劇，都是描寫這一類的人物與題材。

如何從特殊中尋找平凡，平凡中發掘特殊？這裡有一個簡單的方法，就是發掘「反常」的地方。例如好人不如壞人、文人不如武將、妻子不如情婦、結婚不如偷情、談天不如吵嘴、吃飯不如喝酒、喝酒不如酗酒……再如壞人本是作惡為常，忽然有一天他放下屠刀做好事了；武將本是習武為常的，忽然他棄武不用，講究文事而採溫和手段了；嚴守婦道的妻子，竟然背叛丈夫紅杏出牆了……這些都是平凡中有特殊，特殊中有平凡，如果我們深入觀察，這裡面包含了多少動機、情感和哲理，發掘出多少人性的真面目。劇作家只要細心觀察周圍的人物和事情，戲劇的人物和題材，可以說遍地皆是，如果能深入抓住這些，刻意的描劃發揮，不難創作出成功的好戲。

古希臘的悲劇，大多數都是寫的特殊人物，他們不是帝王將相，也會是皇親國戚；又如易卜生的名劇《傀儡家庭》女主角娜拉（Nora）及她周圍的女人，她們都是既平凡又特殊的女人；也就是說她們平凡中有特殊，特殊中有平凡，都是很好的戲劇人物典型例子。

二、衝突性

戲劇人物的第二個特性，必須有衝突性。戲劇的本質是衝突，戲劇的人物必須具備衝突性，這是無可置疑的，問題是戲劇的人物要有如何的衝突性呢？

戲劇不論是寫什麼人物，都必須安排在衝突的局面中，也就是說，一個普通平凡的人，一旦他有了衝突，他的生活和行為就不平凡了，隱藏在內心的祕密、動機、善惡的觀點以及偽裝在外的各種假面具，他的喜好恨惡，情感理智……一件一件的揭開了，赤裸裸的呈現在觀眾面前，叫人恨惡、唾棄，引人同情、欽羨；所謂戲劇反映人生，觀眾從戲劇裡看見了他自己的面貌，也發現了他的親戚、朋友，他最熟悉或者也是陌生者的真正面目。

根據這點，戲劇什麼人物都可以寫，皇親國戚、將相豪門，固然是戲劇裡的好人選，販夫走卒、三姑六婆，何嘗又不是編劇的最佳人物呢?!問題只是在這些人物有沒有值得在觀眾面前呈現的衝突而已。

戲劇裡也有一些沒有衝突性的人物，如少數的配角，但為了劇情的需要以及全部劇情的完整性，這些配角也有必要，在後面「主角與配角」一節中另有詳細的說明。

蕭伯納的《嵌狄塔》（Cardida）一劇女主角嵌狄塔，是一個牧師的妻子，是個平凡的女人，但是當愛上了她丈夫的朋友——一個風流的詩人時，她就不平凡了。她在丈夫與情夫間有了衝突、丈夫與情夫間更有了衝突、她與她自己也有了衝突，她置身於一個十分尖銳強烈的衝突局面中，因此她就不平凡了。

典型人物與個性人物

在文學的創作上，可以把人物分成兩種：一種是典型人物，一種是個性人物。所謂典型人物，就是某些人物的代表，這些人物有一些共通的「特性」，某個人具備了這些特性，就代表了這些人物。而個性人物則是特殊而生動的人物，只有他個人具有這些「特性」，他是獨特的，活生生的個體；文學作家的任務，尤其是戲劇作家，是如何深入典型人物的內在，刻劃他血肉的一面，既具有典型人物的「通性」，又具有個性人物的「特性」，在文學上，這是人物刻劃的最高境界。

初習寫作的人，往往只注意情節與文字的安排，而忽略了描寫人物的重要性，或者不知道如何著手去刻劃人物，本來在創作的過程中，初步著重於文字的熟練與表達的技巧，然後才能談到人物的刻劃。前面已經提過，這裡要強調的是，在初學人物刻劃的時候，最好不要管他是典型人物還是個性人物，如果硬要勉強劃分，也許會擾亂寫作的心情，等到有了經驗以後，就知道何者是典型人物，何者是個性人物。

膾炙人口的唐吉訶德，是個典型人物，《西遊記》裡的孫悟空、豬八戒也是個典型人物，如果我們仔細研究他們，也具有他們獨特的個性，毋怪乎他們受到民間無比的推崇和歡迎了。

如何刻劃戲劇人物

現在來談談最重要的一點，怎樣刻劃戲劇人物呢，也就是說在戲劇中如何刻劃人物呢？文學的範疇裡，人物個性的刻劃，有兩種方法：一是直接法、一是間接法。現在就這兩種方法，在戲劇裡的描劃方法分別舉例說明。

一、直接刻劃法

就是將人物的個性直接「告訴」觀眾。在小說裡，作者可以將人物個性，長篇累牘的描劃一番，可是在戲劇裡，不允許作者這樣做，因為戲劇裡不容許有廢話存在，而且觀眾也無法忍受長篇累牘的臺詞。在戲劇裡的直接刻劃法，是用劇中人物自己的語言，和他的動作。

請看下面的例子：

例十

老張：他媽的，老子真是好惹的，你對我好，我對你更好，你要想「坑」我，老子會十倍奉送給你！

老李：我知道你厲害，算我怕你！

例十一

美美：你為什麼不買呢？你不是要買嗎？

英英：我是好想買那些東西，可是……我一想到我的錢不是那麼容易賺來的，我就一塊錢也捨不得出手！

上面兩個例子，一個表現說話人的狠，吃軟不吃硬；一個表現吝嗇，但也是很節儉的人，他們的個性不是很生動的「告訴」觀眾了嗎？

例十二

老劉：（接電話）我知道了，我馬上送來……衣服、帽子、手提包，我全記清楚了，保證不會忘記……少囉嗦，一定不錯……回頭見！

（老劉放下話筒，立刻去衣櫃找出許多女用上衣，胡亂挑了一件，又去找了一頂女用帽子，轉身向門外衝去，到門口似乎想起什麼，回頭進門找，想起手提包，一高興，取了

手提包又忘了帽子，再度回來拿了才走）

老劉是個粗心而又健忘的人，觀眾由他的動作，就對他的個性一目瞭然。

二、間接刻劃法

就是利用別人的語言與動作來刻劃人物的個性，莫利哀有一篇名劇《偽君子》，主角沒有露面以前，他已被別的劇中人談得過多，等他一上臺，觀眾對他已有了鮮明的印象，這種方法，對劇中主角人物的刻劃，尤其常用。

例十三

老王：喂，老李，你知不知道昨天我們新來了位科長，還是個女的！

老李：（吐舌頭）乖乖隆的冬，這是破天荒的事，我猜她一定跟禿頭（指董事長）有一手，而且美如天仙。

老王：你猜對了一半，美雖美矣，但脾氣可不如她的長相討人喜歡，一個蘿蔔一個坑的，還有人見她當面發過禿頭的脾氣呢！

老李：（又吐舌頭）乖乖隆的冬，又是個破天荒，禿頭兇，居然還有比他更兇的人，而且還是他部下。

老王：這中間就大有文章哩！

老李：我猜……禿頭對她是不安好心！

老王：你又猜對了一半，是我們這女科長主動追禿頭！

老李：（吐舌頭，又大搖其頭）我搞糊塗了，既然女的追男的，為什麼還發他的脾氣？

老王：這個就是我們這位科長的厲害，她城府深，善用計謀，常常聲東擊西，以退為進，真真假假，假假真真，搞得我們禿頭神魂顛倒，七葷八素的，聽說她還在吊胃口哩！

——

這位女科長還未出場，由她兩位科員口中，描劃得淋漓盡致，觀眾對她就有了鮮明的印象。

例十四

（老張坐在沙發上看報）

（僕人阿英有事要報告他，又不敢進前打擾，囁囁嚅嚅，進進退退，終於被老張發覺）

老張：（溫和中有威嚴）你要做什麼？

（阿英哆嗦了一下，張口想說話，卻無聲）

阿英的動作給觀眾一個印象，她的主人是個嚴厲的人。

上面兩種僅是人物刻劃的基本方式，其實，人物的刻劃與情節脫不了關係，有人比方情節與人物是戲劇的兩個輪子，相輔相成，缺一不可，有人更進一步說「人物就是劇情」，可見人物是與情節不可分的。由人物個性的發展而產生事件（情節），由特殊事件（情節）才能更表現人物的強烈個性，後面〈情節與布局〉一章有詳細的討論。

這裡再說明描劃人物要注意的幾件事：

一、**要真實**

大家都知道，文學與藝術所追求的就是真善美，真是一切文學與藝術的基礎，尤其是戲劇人物，更是要真；如果寫一個屠夫，斯文像書生，保證這不是有人愛看的好戲。

藝術的真與事實的真是有區別的，照相不一定是藝術，繪畫才是藝術，我們寫一個屠夫，不一定他就是居住某街的殺豬張拐子，其中有點像他，又有點像某村殺豬的李大頭，這就是藝術的真與現實的真的區別。

二、**要前後一致**

這是指人物的性格不能前後矛盾、走樣，例如他是個喜歡打抱不平的人，如果他不打抱不平了，這種轉變一定要有強有力的理由，這在前面統一性一節中說明過。

人物性格不是一成不變的，好人可以變壞，壞人也可以變好，主要的是這種轉變必須有他心理和環境的因素，叫觀眾覺得這種轉變是自自然然的，因為「人性」如此。

主角與配角

一齣戲裡面，至少要有一個主角人物，有的有好幾個，有的分為男主角、女主角、男配角、女配角，就是除了主角以外的從屬人物；所謂主角，就是戲劇的中心人物，其他人物就是環繞在他四周的配角，主角戲（衝突）重，配角戲（衝突）輕。

主角人物的個性一定要鮮明、突出，配角人物的個性視劇情的需要，加以或多或少的描劃，作者也不能忽略，但有些僅僅為了劇情的配合而出現的不太重要人物，如司機、司閽、跑堂、茶房等人物，作者可以不必賦予他們個性，但要注意一點的是這些人物都有其「通性」，各有其習慣的動作和語言，作者不能混淆。

名字相貌與職業

人的個性有時與職業有關，人的名字與相貌有時也代表他的個性與職業，作者在構思人物名字的時候，覺得是件簡單而又困難的事，簡單的只要找兩三個字便行，困難的是人物的名字一定要符合其個性、職業，甚至他的相貌。戲劇人物的名字要注意下面幾件事：

一、**要通俗**

怪僻的名字，如不是為了特殊的理由，最好改用通俗的，顯得親切有生命，觀眾才覺得這個人物在他四周，是他經常聽見和看見的，也就是增加了觀眾的興趣。

二、**要符合氣氛**

喜劇的名字要輕鬆、活潑、明朗、簡短，悲劇的名字要深重、含蓄而富感情。

三、**要符合職業與個性**

斯文人不能有武夫名字（除非有喜劇對比作用），風塵女郎的名字不能加在淑女身上，農人名字與政客有別，奸臣有奸臣的名字，忠義之士有忠義之士的名字。

有時將劇中人的本名以外，冠上一兩個綽號，更能表達他的性格，例如「大刀王五」、「刀疤老王」、「雙槍王八妹」、「浪裡白條」等等。這要看人物的個性、職業、相貌，以及劇情的需要而定。

人的個性是複雜的，人性是善是惡，目前還是個爭論的問題。好人不見得十全十美，惡人也不見得全是十惡不赦，戲劇的任務就是描寫其中微妙的關係，劇作家要懲惡揚善，劃出人類美善的藍圖，這不僅僅是善惡有報的粗淺倫理觀念，而且要深入研究其中深奧哲理，在這種情形下出現的戲劇人物才是深刻的、感人的。

人是語言的動物，戲劇的人物有他戲劇的語言，要刻劃人物，就必需要研究他的語言。戲劇的語言，在戲劇的寫作上佔了重要的一環，下一章我們專門來談談這重要的一個部門。

第四章 戲劇的語言

戲劇的語言是指劇中人物的對白、心語以及第三者的旁白，最主要的，當然是劇中人物的對白，也就是俗稱的「臺詞」。

戲劇的表達方法，當然以劇中人的動作與對白為主體，其他如服裝、道具、場景、效果等等，以劇情的需要來作適當的搭配，而劇情是以人物為中心所發展的，所以可以說，戲劇的對白佔了戲劇的表達重要部分。

戲劇的對白，也稱為對話，是與小說詩歌有不同的。小說詩歌可以加上作者主觀意識，作刻意的描劃，可長可短，但戲劇的對話，需要絕對的客觀，什麼人說什麼話，作者不能代他說。初習編劇的人，對話越寫越不像話，與中心思想脫了節，或者有的讀起來覺得很流暢，但像水上浮萍，飄飄盪盪，毫無意思，整個看起來，只是在「說」故事而已。

戲劇對話的原則

戲劇的對話要注意以下幾個原則：

一、要自然

也就是要口語化，我們平常怎麼說，就怎麼寫下來，千萬不能咬文嚼字、標新立異、故作驚人之筆，弄巧反拙，不倫不類，請看下面的例子：

例十五

「那個人唇邊長了一顆痣。」

「那個人嘴邊長了一顆痣。」

例十六

「如果你步履迅捷的話，我想你定可擒住他。」

「如果你跑快一點的話，我想一定能抓住他。」

「唇邊」不如「嘴邊」來得口語化，因為平常很少聽見人說「唇邊」；「步履迅捷」不如「跑快一點」來得通俗；「定可」不如「一定能」來得順口；「擒」也不如「抓」來得自然。

二、要有作用

在戲劇裡不但不能有廢人，更不能有廢話，不必要的話固然不要說，即使一句話裡，連不必要的廢字也不要用。每句話，每個字都有其必需，有其意義與作用，如果一齣戲裡，充滿了不必要的對話，這就是「廢話連篇」；所以某些小說作者，不會寫戲劇，主要的原因就在這裡，請看下面的例子：

例十七

（老張敲門，老李走去開門）

老李：嘿！好久不見，什麼風把你吹來的？

老張：閒來無事，特來拜候。……

老李：不敢當，裡面坐！

（二人入客廳坐定）

老張：最近你過得滿暇逸的嗎？瞧你這客廳的布置！

老李：託福，請抽菸（取菸）來杯可樂！

老張：老朋友，何必把我當客人待。

老李：（邊取可樂）應該的！應該的……說實話，有什麼指教？

老張：老朋友，我也不瞞你了，今天來有點點小困難需要你幫幫忙！

老李：什麼事？不會嚇我一跳吧？

老張：這是因為……

在老張說出有困難，要老李幫忙以前的幾句對話與動作，如果沒有表達某些特定的情況必要，可以說都是廢話，一律刪去。

對話的作用有很多，這裡只是一個原則，後面還要詳談。

三、要精簡

戲劇的對話就怕冗長大論，造句過長，觀眾不但厭惡，演員也不一定能完全的表達，因為戲劇受時空的限制，不能作長篇累牘的敘述，而且句子的結構力求精簡，不能太長，含意不能晦澀，最好「長話短說」、「言必有物」。

例十八

「如果昨天你坐九點從臺北開出的夜快車，而又靠近窗口坐位的話，你一定可以看見那個穿紅衣的美麗女郎，站在月臺上，默默的含淚的向她離去的英俊情郎揮手告別！」

「如果昨天你坐九點臺北開出的夜快車，你一定看見那紅衣少女，在月臺上含淚向她情郎揮別！」

前面的話，在小說上也許可以這麼說，但在戲劇裡卻要精簡，後面的話省去「而又靠近窗口坐位的話」等字句，就顯得順口而又不喪失其原有的意境。

例十九

「不見得你頭腦清晰到足以有條不紊地將那件令人困惑的事分析到沒有絲毫漏洞被人抓住的完美境地。」

「不見得你頭腦這麼清晰，有條不紊地分析那件困惑的事，叫人抓不住你一點漏洞。」

前面的句子太長，又沒斷句，唸起來十分拗口，觀眾聽起來也怪彆扭，如果改成後面的說法，意義不變，但清晰得多了。

另外要注意一點是：不可趨於低俗下流，戲劇對話要高尚、要流暢、要悅耳，觀眾的直覺上才有美感。

上面幾點，是寫戲劇的對話要把握的原則，現在我們再進一層來談談對話的作用。

對話的作用

戲劇的對話有其一定的作用，固然不能無病呻吟，即使有病，呻吟也得要有「方」；戲劇的對話，講究情文相生，句句相連、句句相生，請注意下面的要點：

一、要表達情意

所謂表達情意是指表達劇中人物內心與外在的動作，每句話有其「本」、有其「的」、有其「用」，也就是說，這句話說出來有它的原因和動機、目的和用意，即使最簡短一聲嘆息，也有其由而發，否則這就是多餘的廢話，含義混淆，用意不清，叫觀眾摸不著頭腦。

例二十

甲：古人說三十而立，我如今快四十了，還落得一個王老五，連個老婆都沒有混到，但是你兒女滿堂，事業蒸蒸日上……真叫人羡慕！

乙：兒女滿堂不見得就是福，我反而羡慕你的自由自在哩！

甲：你不是挖苦我？大概上次拜託你的事，你黃牛了，用這話來搪塞！

乙：這要看緣分，婚姻大事，可遇而不可求！

甲：你真是飽漢不知餓漢飢，要我拖到白了頭髮才……

讀者請仔細研究上面幾句對話，它的「本」、「的」、「用」在哪裡，以及內外在的「動作」。

二、要推動劇情

戲劇的對話不能「坐」在那裡說話，也就是說不能停滯不前，要向最高潮推進，有如登山，一步一步向最高處爬，上一句帶動下一句，登山有上坡下坡，劇情也有高潮低潮，請看下面的例子：

例二十一

女：（叱喝）站住！得了便宜就想溜？

男：姜太公釣魚，願者上鉤，這不能算我佔了……

女：沒良心的東西，虧你說出這種話！（摑對方耳光）你這無賴！

男：你打我？（忽然笑起來）哈哈哈……你就是拿刀子殺我，也留不住我！

女：我要告你，告你這個流氓！

男：請便，我隨時回來應付這一場官司！

女：你……這狼心狗肺的東西，天老爺叫你不得好死。

男：放心，天老爺很照顧我，我萬事如意，名利雙收！

女：你這惡棍，你……（無可奈何，語氣軟下來）你總不能說走就走，把我孤零零的甩了！

男：我都替你預備了，你什麼都不缺！

女：吃住並不是一個人的全部，尤其對於一個女人……

男：那……你要什麼？

女：我要你，我要你的人，要你整個的心！

男：別傻了，你知道我不能留在這裡，我有我的事業！

女：（絕望，怒不可遏）你這騙子！你以為我不知道，有一個狐狸精在等著你！

男：你猜對了一半！

女：（恨極）我要殺了你，把你砍成肉醬！

上面的例子用圖來表達，便是這樣的：

例二十二

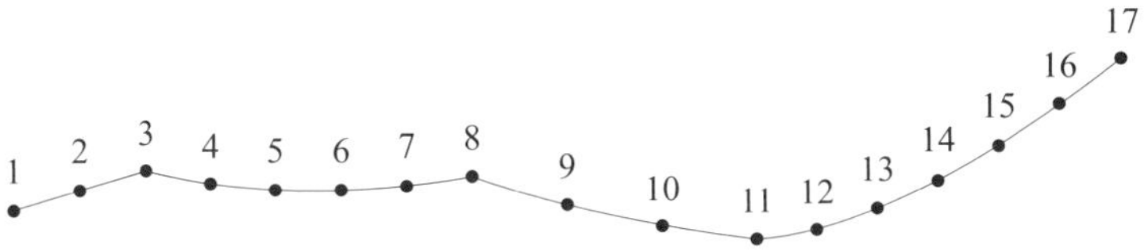

如以1為基點來看，每一句話都是前進的，第3點是高潮，以後半行至第8，再下降為低潮，至第15點便又發展成高潮。整個的勢態來看，劇情始終是向前推進的。

三、要刻劃個性

戲劇的對話一定要與人物的個性、教育、職業及身分相符，什麼人說什麼話，同是一件事，人物不同，說出話來也不同：

例二十三

工人：喂，把飯菜快些拿來，越快越好，我餓死了！

教師：請你快些送飯菜來，我實在餓了！

例二十四

膽小鬼：我想都不敢想，在那鬼屋裡呆上一天一夜還能活著出來。

膽大者：怕什麼，要我呆上三年六個月也不在乎！

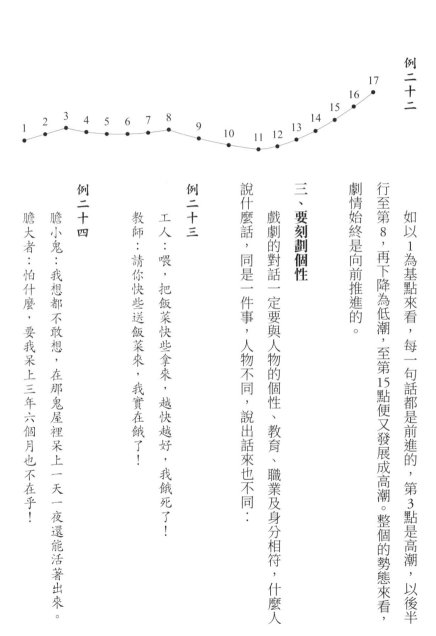

例二十五

劉備：我要行仁義治天下！

曹操：寧使我負天下人，不使天下人負我！

四、要符合氣氛

悲劇是嚴肅而重感情的，當然它的對話要沉重有力，喜劇是輕鬆而重理智的，它的對話要明朗輕快，因為悲劇要人哭，所以它的對話要有豐富的感情，要含蓄深遠；喜劇要人笑，對話著重機智，要簡潔明快，同是一件事，悲劇與喜劇的對話就有不同：

例二十六

女：如果我們結婚，生下的孩子，像我這麼漂亮，像你那麼聰明，不是世界最美好的事情嗎？

男：可惜命運捉弄我，今生今世我們再也沒有這個希望了！

例二十七

女：如果我們結婚，生下的孩子有你的聰明，有我的漂亮，那該有多好！

男：如果生下的孩子像你那麼笨，像我這麼醜，那又怎麼辦呢？

例二十六是悲劇的語氣，例二十七是喜劇的語氣，比較一下兩者的說法有什麼不同。

如何描寫對話

戲劇的對話最忌的是膚淺，浮而不實，變成了「說」故事。如何將對話寫得深入，字字珠璣，實在不是一件簡單的事情，這需要思想、經驗、智慧、以及過人的觀察力，再加上他的學識揉合而成，莎士比亞的劇本，可以說每一句話每一個字都有它深刻的含義，要練習寫對話，讀者要多研習他的劇本。

這裡勉強可以提供初學者幾個方法，所謂「勉強」，只是提供「入門」的方法而已，如要登堂入室，還必須讀者自行去探索。

一、正面寫不如側面寫

有些事物正面寫起來不容易討好，不如用側面的方法寫：

例二十八

甲：她走進來了，她實在太美了，那對水汪汪的眼睛，那秀麗的鼻子，鴨蛋型的臉龐，婀娜多姿的體態，無論哪一點，都叫人發狂！

乙：她一走進門，在座的男士女士全都驚愕的站起來，所有的眼光都凝聚在她身上，門邊的侍者，不知什麼緣故，手中的茶盤啪的一聲打在地上，全廳的人這才如夢初醒，交頭接耳的談論起她來！

甲的話說得再美，仍然覺得「空洞」，乙的話只描寫當時對美女的反應，話就覺得充實，印象也特別鮮明。

二、直接說不如用比喻

比喻用得恰當，特別叫人深思，因為直接說出某某事物如何如何，聽的人不一定能體會，不如用一種比喻，馬上就叫聽的人有痛癢相關的感覺。

例二十九

甲：蚊子這麼多，我手不停的打，還叮得全身是疤！

乙：假如蚊子能當蝦米賣，我老王今夜可要發一筆小財了！

例三十

甲：這口水又香又甜，我從來沒喝過這麼香甜的水！

乙：他奶奶的，這口水比我娘的奶還香！

例二十九甲的話寫蚊子多，多至什麼程度，觀眾沒有深刻的印象；乙的話就深入了，用蝦米來比喻蚊子，賣蝦米能發一筆小財，可見蚊子之多。

例三十甲的話空空洞洞，乙用娘的奶比水的香甜，娘的奶有多麼香甜，每個人都經驗過，或者可以由想像而能輕易體驗出來的，觀眾聽起來印象深刻而鮮明；一齣戲裡有兩三句這種對話，定可使劇情生色不少。

三、要進逼法

對話的語氣與語意，一句比一句推進，一句進逼一句，直推進至無路可走，這種對話在高潮時最常用。因為一句進逼一句，所以措詞要精簡，才顯得有力，例如：

例三十一

甲：你沒做過賣國的事嗎？
乙：我沒有做過！
甲：你真的沒做過？
乙：真的沒做！
甲：你敢發誓！
乙：我敢發誓！
甲：你敢摸著《聖經》發誓？
乙：我敢！

上面這幾句對話，一句進逼一句，最後將乙推至手按《聖經》發誓，這中間一句比一句強，一句比一句尖銳，嚴肅緊張，緊扣人心。

例三十二

女：媽，請你不要再說了，我已經下定決心！

母：那麼你決心嫁給那個流氓？

女：我是這樣決定的！

母：再也不能更改？

女：我絕不更改，除非……

母：除非什麼？

女：除非我死！

母：我寧願你死！

上面對話，表達母女雙方堅決的意志，語氣一句比一句強，這樣的對話，表達劇中人物的意志與感情，簡短有力，用得恰當，最能緊扣人心。

除了上述的三種方法，另外有一種「反語法」，這個名詞是作者杜撰的，意思是用反問的方式加強話中的意思。我們平常用言語表達一件事物，到了極點的時候，往往反問一句，以加重語氣。

例三十三

甲：你真的不喜歡她嗎？

乙：你想，我怎能喜歡她呢？

以上這幾種方法，只是原則性的，要看用的場合。如果你的話再好，用的不是時地，也是不得體。說話是一種藝術，尤其戲劇中的語言，更是藝術中的精華，讀者要多研究名家的作品，細心揣摩，學習其奧妙之處，日久自然言之有物，字字珠璣。

戲劇的語言尚有旁白與心聲，其寫法不外以上幾種技巧，至於其用場，留待下一章〈情節與布局〉中再詳細的討論。

第五章　情節與布局

所謂情節就是故事底安排，所謂布局就是結構底安排，兩者均屬於結構的範疇，但為了讀者由淺入深，易於瞭解，現在專闢一章來討論。

我們在第二章，談過故事與結構，那只是讓讀者瞭解一點基本道理，要使劇本編寫得好，單單那一點基本道理是不夠的，還要深入研究其中的「細節」。現在請看下面的例子：

例三十四

張某夫妻是收入不豐靠勞力賺錢的，妻好虛榮，友邀宴，妻以衣著寒酸為由，要張夫向王姓親戚借得名貴項鍊作裝飾，王恐有失，私將贋品給他；宴後，張妻果發現失竊，後悔莫及，乃向商店以分期付款購得稍遜項鍊賠之。王不願深究，張姓夫妻省吃儉用，按期攤還價款，越三年始行還清。

這故事改編自莫泊桑短篇小說名著《項鍊》，現在我們安排它的情節：

例三十五

(一)張姓夫妻受邀宴，妻要扮成貴婦，但缺名貴裝飾，夫無奈，向王某借用。

(二)王某礙於情面不便拒絕，乃以贗品付之。

(三)宴後發現失竊，夫妻驚怖，彼此責怪，商量償還辦法。

(四)張姓夫妻以分期付款，購價值稍遜相似項鍊。

(五)王某心裡有數，亦不願追究，受之。

(六)張姓夫妻苦熬，省吃儉用償還欠款。

(七)最後一次欠款付清，已越三年，王某得知其苦況，良心不安，說出當時項鍊是假的。

上面這七點「情節」完全依照故事的發展而安排的，看起來便是平鋪直敘的東西，戲劇趣味不夠強，如果將其中幾點這樣改動一下：

(二)王某只珍惜其項鍊，但又不便拒絕，最後雖然借出，是否真假，觀眾只受到了一點暗示而已。

(六)王某良心不安，還其項鍊，說出贗品之事。

這樣一改，戲劇趣味就強烈多了，留給觀眾無限的回味和咀嚼。第二點不說明項鍊是假的，只給觀眾一點暗示，這種暗示，在戲劇中的說法叫做「伏筆」；最後才指出項鍊是假的，在戲劇中的說法叫做「帶蹓馬」，這是從法語翻譯出來的名詞，意思是「意想不到的收場」。

伏筆

劇情的發展，講究合乎情理，事件的發生有其來龍去脈，作者絕不能逞筆下快意，在紙上呼風喚雨，要什麼有什麼，其結果必然攪得觀眾暈頭轉向，不知所云。要想將情節安排得合情理，而又出人意外，一定要應用伏筆，就是將後面可能發生的事件或出現的人物，先在前面適當的情節上種下一個「因」，只給觀眾一點暗示，而不直接說明，觀眾當時也許觀得疑惑，等看見了後面發生的事件，這才恍然大悟，原來是這麼一回事！這在情節的安排上，是非常重要的一項「技巧」，在第二章談到故事的安排要曲折、懸疑和緊張，這便是達到這項目的的一種「手法」。

要注意的是伏筆的安排要自然，最好是不著痕跡，高明的作家所安排的伏筆，往往天衣無縫。如果硬將伏筆「塞」進情節裡去，觀眾一看就知道是怎麼一回事，不但收不到效果，反而破壞了情節的完美。請看下面的例子：

這是五分鐘的小小廣播劇，麻雀雖小，五臟俱全，結構非常嚴謹，有伏筆，有意想不到的收場，讀者多多研究，先看看它的伏筆在哪裡，再對照收場，找出安排伏筆的手法。

例三十六

《手帕風波》

人物：

駱秀開——紳士

許美月——駱妻

某男士

某女士

（音樂：開場）

（報幕：小小廣播劇——《手帕風波》——光啟劇團播送）

（音樂：主題）

駱：（自語）唉！怎麼現在還不來？買一點東西就買了半個鐘頭，唉！女人家真是——

（效果：高跟鞋走過聲）

駱：（繼續自語，焦急地）唉！真急死人，女人買點東西也要婆婆媽媽的，哼！（突然發現）咦？這是誰掉的手帕？（嚷）喂！小姐！小姐！你的手帕掉了！

（效果：跑過去）

駱：小姐，這是你剛才掉的手帕嗎？

女：哦！是的是的，真謝謝你！

駱：沒關係，沒關係！

女：謝謝您啊，先生您——啊啊，我真愛掉東西，唉，我這個人越來越不行了……

駱：（要走）沒關係，一點小事別介意！

女：（嘮叨地）啊，先生，你真好，拾著手帕還給我送過來——有的男人，拾著女人的手帕就不拿出來了，等你向他要，他還不承認，故意留難你……有一次，我也是這樣，掉了一條手帕……

駱：（不耐）對不起！我還有事，再見！

（效果：男人步履聲走兩三步，女人高跟鞋聲走開）

駱：（高興嚷）喂！美月，美月！我在這裡！

（效果：跑過去）

駱：美月！你買什麼東西去了這半個鐘頭？（頓）咦？你怎麼不講話呀？唉，你害我等得好苦呀！

許：（冷冷地）你還苦呀？你怎麼不說我應該多耽擱一些時候呢？

駱：（愕然）你這是什麼意思？你……你怎麼吶？

許：我怎麼哩？問你自己呀！

駱：（莫名其妙）問我自己？這，這是怎麼回事嘛！

許：哼！還裝模作樣的！你心裡面可在咒我：你這鬼女人偏偏這個時候蹦出來？

駱：哎！你到底說些什麼呀？

許：你真的不明白？

駱：哎呀，你這無緣無故的，叫我丈二和尚摸不著頭腦！

許：（恨聲）我問你，剛才那個女人是什麼人？

駱：（不知所指）剛才那個女人？哦！是不是剛才掉了手帕的那位小姐？

許：我問她是誰？我管她掉不掉手帕！

駱：（恍然大悟）哎呀，你這不是武大郎改行——燒餅不賣，專賣醋罈子……

許：（氣勢洶洶）我問你，她是誰？

駱：她是誰，我怎麼知道？她走我身邊過，掉了手帕，我追上去，送還給她……

許：那你為什麼跟她談得親親熱熱的？

駱：是人家謝謝我呀！

許：她謝謝你？哼，為什麼看到我來了就走開了？說呀，你說呀！

駱：哎呀，這叫我怎麼解釋呀！

許：就算你們從來不認識的，那就是她故意把手帕丟在你面前引誘你；而你呀看到我不在身旁，趁機會就給人家勾搭，（恨恨地）你，你這沒良心的，嗚……嗚……（啜泣）

駱：（難以解說地）哎呀！哎呀！這真是——這真是——好好——算我不對，別哭了，我的好太太！來，我給你擦眼淚……你看，有人來了，多不好意思呀！（頓）唔——唔——你站著，我到 WC 去一下。

（效果：步履急急走開，然後另一步履走近聲）

男：小姐，這是你的手帕嗎？掉了！我給你拾起來！

許：啊，謝謝你！

男：沒關係，沒關係！咦，小姐——你怎麼啦？——有誰欺侮你嗎？

許：（忙說）沒什麼，沒什麼——謝謝你啊，再見！

（效果：高跟鞋急走開，男人步履聲走近）

駱：（冷哼）哼！

許：啊啊，秀開，我們回去吧！

駱：（冷冷地）回去？還是我一個人先回去的好！

許：（愕然）你怎麼吶？

駱：（學許口氣）哼，還裝模作樣的，我問你，那個男人是你什麼人？

許：我怎麼認識他呀？他剛才給我拾起手帕。

駱：給你拾手帕？（學許口吻）要不是你們早已相好，便是你故意把手帕丟在他面前，看我不在身邊，趁機會勾搭……

許：（氣極）你，你放的什麼屁！嗚……（傷心哭）你簡直豈有此理……

駱：（語氣忽變溫柔）好了，好了，我的好太太，又是我對你不起——別哭了，回去吧！

許：你今天是怎麼吶，老是跟我過不去！

駱：（怪聲調）不是我跟你過不去，誰叫你那麼蠻不講理？我不來這一手，道理怎麼說的清？

許：啊？你說什麼？

駱：我說呀，剛才我給你擦眼淚的時候，我故意把你的手帕丟在地下的，我看見那個人走過來，就找藉口躲開，他一定會給你拾起來，這時候我就有理由解釋剛才的那一幕了……

許：啊？你這麼壞呀，你這死鬼！

駱：（被擰了一把）哎喲！別擰了，我的好太太，我不這樣做不行呀！你自己不身歷其境，怎麼會相信我的話呢？這叫做以毒攻毒，以牙還牙……哎喲！還擰，哎喲！不敢了，不敢了！

（音樂：收場）

上面是一個五分鐘的小小廣播劇，丈夫無法向妻子解釋的時候，發現對面有男士走近，便心生一計，替妻擦眼淚，然後藉故走開，這便是伏筆，他是故意將手帕丟在地上的，但是作者並不說明白，等至結尾，聽眾才恍然大悟，這種伏筆多麼自然，稱得上天衣無縫。

帶蹓馬

意想不到的收場，在戲劇的效果上，是非常吸引人的，在觀眾的心目中，以為劇情的發展必是某一面，不料至最後，突然一百八十度的大轉變，出人意料，給人無窮的回味。在某些短篇小說中經常有這種結尾，莫泊桑的《項鍊》便是最好的例子。

意想不到的收場必須合乎情理，前面一定要有伏筆，互相呼應，雖然出人意料，卻是必然的事，否則不要勉強，這好比畫龍點睛，就那麼一點，整個龍就生動起來了。前面兩個例子的收場，請多做研究，這裡不再舉例。

一齣戲裡有了伏筆，有了意想不到的收場，不見得就能吸引觀眾，也不見得能稱為好的戲劇，這還要看情節的安排上是否富有趣味和效果，我們還要進一層來研究。

對比與氣勢

觀眾的心理，本能上就排斥單調和鬆懈，在加強戲劇的趣味和戲劇的效果上，情節對比的設計是必要的，對比設計得好，氣勢也就強烈。所謂氣勢，在戲劇上的說法，叫做劇力，也就是俗稱的感人的力量。對比的情節設計，是根據人物性格來安排的，前面說過，初學編劇的作者以故事來安排人物，有經驗的作家則根據人物的性格來發展劇情，其原因就是在此。

現在將戲劇中一般對比的設計分別說明如下：

一、人物與場景（環境）的對比

前面衝突的性質一節中提過，對比的本身就是一種衝突，這裡重複的提起，是要讓讀者牢記，戲劇的情節不論如何安排，絕脫不了這個原則。由環境（在戲劇中便是場景）與人物個性做對比，使劇情更強烈，人物個性更突出。

例如一個純潔善良的少女，置身在一個淳樸的農村中，觀眾的興趣可能不大濃厚，假使這個少女置身在燈紅酒綠的夜總會中，她的個性與她四周的環境，就有了強烈的對比。一個膽小鬼，坐在門窗緊閉的臥室中，屋外風調雨順，觀眾的興趣可能就感到乏味，假如他置身荒山古廟，鬼影幢幢、風聲鶴唳，這情況就兩樣了，如果再加上另一個人，藏在暗處裝神弄鬼，觀眾更能看出這個膽小鬼的個性。

例三十七

（老張哆嗦著，面皮帶青，兩腿膝蓋骨將要拆開似的抖動著，他感覺站不穩，扶住柱子上）

（破廟的門咿呀的開關著，門裡似有無數鬼影顫動著，忽然門的破洞裡，有一隻白慘慘的死屍般的怪手伸出來，手掌心一滴滴的像血一樣的東西往下滴，但那不是血的鮮紅色，而是白中帶綠，陰森森、慘兮兮。老張想大叫，但叫不出來，想跑，兩腿發軟，不但提不起步子，連站都站不穩，一頭向下栽去，他什麼都不知道了，不知過了許久，才幽幽醒過來）

二、人物與問題或情勢的對比

將人物的性格與發生的問題，或面對的情勢，成強烈的對比，人物的性格就烘托出來了，劇情也就生動起來。例如一個盡忠職守的會計主任，忽然換了一位頂頭上司，這個上司也是一個忠於職守的人，交下的工作雖然更繁重，但都合法合理，觀眾對這個情勢的趣味就不會太大。如果換成這樣，趣味就不同了：

例三十八

（會計主任老劉剛剛坐定，科員朱小姐就交給他一疊文件）

劉：這些是……？

朱：新上任總經理交下來的！

劉：（翻開文件，臉色漸變）朱小姐，總經理要我做嗎？

朱：（低聲）他叫你下班後到他家裡去！

劉：我不去！

朱：為什麼？

劉：我不做犯法的事！

會計主任不願做犯法的事，總經理非要他做不可，問題既已開始，以後就「有戲好看」，會計主任盡忠職守的個性就特別突出，戲劇的趣味也就越來越濃厚。

三、情緒與行為的對比

一個人的情緒（感情與意志）與他的所作所為成了強烈的對比，他雖心有不願，卻不得不這樣做。莎士比亞名著中的哈姆雷特，三次面對他的敵人，想殺能殺卻不殺他，哈姆雷特的個性多麼突出強烈，劇情又多麼吸引人，難怪是世界公認的名劇了。

例三十九

（刀疤趙五，手執大刀，滿面殺機，溜進了五爺的房間，五爺奄奄一息躺在地上，一泊鮮血浸了半個房間）

趙：（心語）是誰比我先來了一步？

（趙五站在血泊中，凝視著五爺，手中刀漸漸向上舉起）

（五爺慢慢睜開眼來，看見趙五站在面前，幽幽的拼出一口氣）

五：趙五……你殺吧！這是你十年來的心願……殺吧……（閉眼等死，兩眼忽然流下淚來）

趙：（心語）我這樣殺他算英雄嗎？殺一個毫無抵抗能力的人……不，我趙五是一條鐵錚錚的漢子，豈可做出這種小人行為……（他收刀，回頭想走，忽又站住，心語）

我不殺他，他就要死去，以後我就報不了仇……（他扶五爺的上身）

五：（愕然）你……？

趙：閉上你的嘴！（抱起五爺向門外走去）

趙五不殺五爺，反救五爺，他的行為與他的情緒成了強烈的對比，要注意的是這種對比必須有不得不如此的理由，這種理由必須與人物個性相符合，趙五是個英雄人物，或是自比英雄人物，才會這樣做，如果是一個勢利小人，殺五爺是求之不得的事，更不會去拯救他了。

四、動機與行為的對比

一個人做一件事都有其動機，動機為了愛某人，行為卻反是，這種對比在戲劇中也常用到的：

例四十

（時鐘指著一點，妻坐在沙發上打瞌睡）

（門外有摩托車聲，妻驚醒）

妻：（企盼的）他回來了……（旋即失望的）不是他，他沒有摩托車……（重欲打盹）

（夫在外敲門，妻喜，忙去開門）

（夫拿著摩托車鑰匙進門）

夫：太太，你還沒睡？

妻：你沒回來，我就睡不著……

夫：（深情的在妻額吻一吻）……

（妻含情脈脈看了夫一眼，殷勤倒茶，拿拖鞋，換上衣，發現夫手中鑰匙）

妻：咦！這是什麼鑰匙？

夫：（得意的）我新買的摩托車……

妻：（面色一變）你又新買了摩托車?!

夫：瞧你緊張的樣子，放心，我絕不開快車。

妻：不，我求求你，賣掉它，或者送掉它……反正什麼樣都可以，就是不能騎它！

夫：我向你保證，我每小時只開三十公里……

妻：你已經出了兩次事，我絕不讓你出第三次！

夫：好好好！別擔心，我去洗一個澡，（呵欠）這一天夠累了！（下）（妻掩面哭泣）

妻：（心語）我不能見死不救，我……我要毀了他的摩托車！

（妻開門，衝出去）

五、內心特性的對比

為了表達一個人內在的某些特性，固然可以用以上幾種方法，設計對比，但也可以用同一人內在的其他特性，使兩種特性彼此對立，互相衝突，而使這兩種特性更為突出。

例四十一

旁白：這個吝嗇鬼來了，這個一毛不拔的小氣鬼終於來了，他走進了這扇破門，看見了全盤的景象，他用了最大的力氣，才從他口袋中掏出一把鈔票塞在病人的枕頭底下，你看他咬著牙，顯然心在絞痛，他的心在流著血啦！

這個例子是寫一個既吝嗇又富同情心的人，為了救一個窮病交迫的人，付出一筆款子，內心又疼又恨，卻又甘願。這裡為了節省篇幅，用旁白「說」出來，若是用戲「演」出來，是要佔相當篇幅的。

以上幾種對比的設計方法，讀者要多學習，揣摩別人的劇本，有人比方這些對比，就像是一根魔棒，可使平凡的變為生動、平板的變為活潑、空泛的變為充實、枯燥的變為有味……，總之，不論是初學編劇或已有經驗的作家，都值得反覆深思，再三習練。

根據個性構思故事

現在我們可以深一層來研究編劇，如何安排情節呢？當我們明白了前幾章談到的基本道理後，從頭再來個總結。

從人物開始

我們要選定寫什麼樣的人物（主角），選擇什麼樣的人物呢？前面第三章談過戲劇人物，讀者不妨再溫習一下。這裡我們選出兩個例子，這兩個例子的主角人物分別是：

例四十二

一個愛好虛榮的少女，名叫林月珠，年約十八歲。

例四十三

一個改過自新的不良少年，名叫王阿雄，年約十七歲。

確定人物性格

選擇上面兩個我們要寫的人物，第二步就要確定他們的性格，主要的性格先確定，這是最重要的一步，否則以後的情節不好安排，即使安排妥貼，充其量是一個「好故事」，而不是一齣成功的戲劇。主要個性確定以後，在以後編劇的過程中，也許小的方面還有變動，但不致與主要性格有太大出入，也不容許有這種出入，我們把上兩例的人物主要性格確定如下：

例四十四

林月珠，女，十八歲，好虛榮，自視不凡，膽小，懶惰，痴情。

例四十五

王阿雄，男，十七歲，衝動，勇敢，孝順，意志不堅，心地善良。

確立目標

選好了人物，確定了個性，第三步就要他們做一些事情，他需要什麼，他為什麼需要？他要做什麼？根據他的性格來確立他的目標，也就是這齣戲劇主要的事件，確立目標要注意幾件事：

一、要有恰當的動機和理由

一個人決定要做一件事情，一定有他的動機，尤其戲劇人物，更要有恰當而有力的動機和理由，否則整個事件就建築在沙丘上。某人要尋仇，是因為他的親人被人陷害；某人要救一個人，因為那人是他的親友，或者他基於人性的同情。一般來說，動機越出於公的，越能感人。

二、不要太容易就能達成

一定要經過困難、奮鬥和努力的爭取，但必須合乎情理，目標雖然困難，一定要有達成的可能，一個平平常常的人，忽然想要當太空人，除非他有幻想症，這種目標就是不可能達成的，雖然它也很困難。

三、要符合人物的類型

正派人物的目標是善良的，反派人物的目標是邪惡的，但有時人物的目標也有改變，好的轉變為壞的，壞的轉變為好的，人物的類型也就跟著轉變，要注意這種轉變在情感與意志上，也要有恰當和有力的動機與理由。

在我們將前二例人物的目標確立如下：

例四十六

林月珠因為好虛榮，希望有美麗的衣服、手飾以及富麗的住宅，需要大把的鈔票來滿足慾望，自信自己有美麗的面孔，有足夠的本錢獲得這些，但是她膽小；終於有一天，邀到一個同伴名叫蔡秀蘭，同到都市來闖天下。

例四十七

王阿雄不忍心再見母親為他焦急痛苦，不願再跟人做壞事，決心脫離不良少年幫派，做個正正當當的人，但意志不堅，徘徊在歧途。最後他終於下定了決心，脫離以前的壞朋友，開始正正當當的工作，去當一名小工，晚上在夜校求學，希望從此走上正途。

目標的阻力

人物的目標必然要遭受阻力，否則就沒有戲好唱，上二例人物遭受什麼阻力呢？

例四十八

林月珠到了城市，才發覺自己一無所長，找不到工作。

例四十九

王阿雄的伙伴不讓他自新，威脅要殺他，並以他母親為要脅，聲言對他母親不利。

如何應付阻力

當人物的目標受到阻力，他必然要應付它，就展開了一系列的衝突。必要而關連的人物，連續登場，問題一個接一個的發生，主幹枝幹糾纏一起，高潮起伏、波譎雲詭……這就叫做好戲連臺；以上二例來說，主角人物如何應付阻力，有好幾個答案：

例五十

(一)林月珠灰心之餘，返回鄉下。

(二)林月珠花光了錢，飢渴難忍，同伴蔡秀蘭衝動倔強（性格確定），在她鼓勵下，二人偷竊渡日……。

(三)二女正在走投無路，一批不良少年解決了她們的吃住問題，月珠為了虛榮，與之廝混，秀蘭要分手。

(四)遇到大色狼，以金錢物質為餌，勾引林月珠，蔡秀蘭卻比她來得鎮定而謹慎（她的個性與林月珠對立），攔阻月珠，月珠好虛榮心切，落入色狼圈套。

(五)得到了正直的青年的幫助，不但解決了生活問題，也找到一份工作，二女同時愛上他。

(六)……

例五十一

(一)王阿雄意志動搖，重回不良少年群中。

(二)阿雄逃避糾纏，安頓老母後，離家出走，不良少年追蹤。

(三)阿雄為了母親安全，暗地還是與不良少年虛與委蛇，伺機脫走。

(四)阿雄衝動與不良少年毆打。

(五)阿雄與治安機關合作，供出不良少年組織及惡行。

(六)……

上二例的第(一)項，都無戲可言，其他幾項卻極富衝突性，像這幾項事故，每一例還可以想出十幾或幾十項，這要看作者個人的見解以及他所要表達的是什麼而定，人物既然應付阻力，有什麼後果呢？

應付阻力的後果

以上二例再試擬出其後果：

例五十二

(一)無戲。

(二)成為慣竊。

(三)月珠成了太妹，秀蘭被拖下水，或離去。

(四)失身。

(五)三角戀愛。

例五十三

(一)無戲。

(二)阿雄被追到，發生爭鬥。

(三)在不良少年幫派壓力下，痛苦過日。

(四)阿雄受傷或兩敗俱傷。

(五)不良少年逃避治安機關追捕，阿雄母子受警保護。

決定性的結局

由於上述積極性的效果，導致決定性的結局，繼續舉例如下：

例五十四

(二)慣竊，終於走多夜路遇鬼，失風被捕下獄。
(三)太妹生活糜爛，意志消沉，(1)淪入風塵(2)被愛人捨棄，痴情自殺(3)惹事判刑下獄。
(四)痛苦、悔恨、(1)伺機向色狼報復(2)自殺(3)索性賣身渡日(4)悔改回家⋯⋯
(五)月珠雖比秀蘭美，但秀蘭性格較穩重且聽勸解，對方反而棄月珠而愛上秀蘭，月珠失戀。

例五十五

(二)阿雄被殺傷。
(三)痲木、變本加厲，老母恨絕。
(四)阿雄終受重傷死亡，或不良幫派放棄阿雄。
(五)不良幫派分別被捕定罪，阿雄新生。

自目標受到阻力，人物應付阻力，以及其後果的發生，其情節是靠一連串的反應來推動的，作者盡可能的抓住其個性作各樣的發揮，也就是製造人物的糾紛，然後來一個必然的（符合情節，也就是可能性的，合情理性的）結局，這便是最高潮階段了，戲也到了結束的時候了，但有兩點要注意的：

人物目標達成與否

達成了，或者沒有達成，人物通過這些真正得到了什麼？也就是作者要自我反問的：

通過這故事表現什麼

這就是主題，這些便是根據人物個性構造故事，安排情節的全部過程，也是一種祕訣，有的作者心裡先有了一個概念（主題）再設計人物，再確定個性，發展情節，其過程還是一樣的。

這裡，讀者也許要問，先有故事，難道就不能編成劇本嗎？答案是肯定的，而且還可以編成很好的戲劇，像這類的故事，要編成戲劇也有祕訣。

由故事塑造人物

以例三十九為例，刀疤趙五復仇反而救仇人，在某方面來說，是感人的，我們由新聞、小說、傳說甚至別人的戲劇裡，得到這麼一個片斷的故事，故事是不完整的，人物也只是具有某一種突出的特性，我們先要將人物「塑造」起來，再根據他的「塑相」發展情節，將故事完整。如何塑造呢？

抓住原有的特性

這是指兩方面，一是指故事的特性，一是指人物的特性：就人物特性言，刀疤趙五要殺仇人反而救之，這就是他的特性。他為什麼有這種特性呢？一是他是英雄人物，有「英雄」

的胸襟；一是他自比英雄，出於一時的衝動。原來的故事裡，也許不會告訴你，趙五是真英雄還是假英雄，作者可以把他寫成好，也可以塑造成壞的。

故事的特性是感人，仇人是該殺的，趙五見他重傷，手無縛雞之力，殺一個毫無抵抗力的人，不是英雄行徑，其次，一個重傷垂危的人，是要人來拯救的，再說，這個人若是死去了，將來復仇無望，這是趙五所以要救仇人的三點理由；也就是這個故事的特性，第一及第二點特性偏重於感人方面，第三點特性則暗示觀眾後面還有好戲可看呢。

故事的特性則根據人物的特性來發揮，作者可以把他寫成真英雄，也可以寫成假英雄，這要看作者根據什麼概念來塑造他。

確定主題

這裡說的「概念」就是指作者透過這個故事及人物想要表達的思想，就是主題，趙五不殺仇人，反救仇人，透過這個人物，表現什麼樣的主題呢？分兩方面來說，好的方面：㈠一個人胸襟要光明磊落，不可趁人之危。㈡殺戮不是復仇之道，必須以德化仇……

像這類主題可以定出好幾個：第㈠主題比較單純，因此戲路比較少。第㈡主題立意遠大，戲路發展廣。根據這兩個主題，趙五是個真英雄。

壞的方面，也可以定出好幾個主題，也舉兩個為例：㈠不可假冒為善，必然受懲。㈡不可憑一時衝動行事，否則造成終身遺恨。根據這兩個主題，趙五是個假英雄。

建立性格

主題定了以後，才能建立人物的性格，趙五既是真英雄，胸襟一定光明，行徑一定磊落，同時也是恩怨分明，這是他主要的性格，也可以加上一點趣味小性格，譬如他喜歡喝酒，尤擅豪飲；甚至也可以加上一點小缺點，以增加人物的真實感及劇情的緊張性，譬如他有時很好色，但不濫情，卻也容易拜倒石榴裙下。趙五若是假英雄，他只是一個衝動、喜怒無常的人，沒有正確的人生觀，好做作、喜偽裝、充面子，卻是笑裡藏刀，有時也做一點打抱不平的事，幹一點也算江湖道義的勾當，以增加劇情的趣味。

性格建立了，這個「由故事塑造人物」的過程已完成了，人物既然塑造好了，就可回到

「由個性（人物）構思故事」了。所以不論是先有故事，還是先有人物，都脫離不了「根據人物個性發展情節（故事）」的鐵則，這是古今中外寫小說或編劇本的不二法門。

作家塑造人物，不是呆板的賦予人物個性而已，而是要給他生命，使他是一個活生生的人，這是要牢記的，作者構思故事、安排情節，並不就是填鴨式的「湊合」，而是人物真真實實的「生活面」，不僅是表面的生活，而是深入內在的生活面，也是要牢記的。

戲劇的小趣味

為了增加劇情的活潑，人物的生動，戲劇中可以增加許多小趣味，如果應用得恰當，是很吸引觀眾的，即使不是一齣深刻的劇，也是一齣叫座的劇，現在分別說明如下：

一、人物的小趣味

就是在戲劇中增加一個或多個笑料人物，由於他的滑稽突梯，幽默詼諧，可使沉悶的劇情，呈現活潑輕鬆的一面，在平劇及一些地方劇中，經常可以看到一兩個丑角的出現，引起觀眾哈哈大笑，可見它的效果，在西洋許多名劇中，也不難找到。

注意的是，這類人物即使與主要情節扯不上直接關係，也要扯上間接關係，也就是說，叫觀眾看上這些人物不是多餘的，也有其存在的必要。

莎士比亞的名劇《羅密歐與茱麗葉》中間就有這類人物，讀者可以仔細研究，這裡不再舉例。

二、個性的小趣味

在同一個人個性中間，增加富於趣味的小性格，在嚴肅中有其輕鬆的一面，使人物更可愛，更生動。不妨在正派角色中，賦予他一些逗趣的小缺點，在反派角色中，給他一些假冒為善的個性，有時也真想做一點好事，效果恰得其反，這些都足以挑起觀眾很大的興趣。

例如一個很有同情心的富翁，經常救濟窮人，偏偏他喜歡戴高帽子，人們為了取得他的幫助，先給他大加捧場，他一樂之下，擲千金而不動色，等到事過境遷，一回憶起來深惡痛絕這些騙人的勾當，發誓不再上當，等到別人再給他戴高帽子的時候，他什麼又都忘記了。

要注意的是這種小個性的分量不能侵佔主要的性格，反賓為主，擾亂了觀眾的觀感。其次，這種小個性要與劇情相符合，例如前面富翁的例子，只適合在喜劇中搭配。

三、對話的小趣味

用人物對話時的一些小「話柄」，可以收到意想不到的戲劇效果，讀者不知記不記得，臺視以前布袋戲中有「二齒」這個人物，他一開口就「哈那」，當時三歲小孩也學上口了，大街小巷都聽到人在說「哈那」，這就是最好的例子。

要注意的是這種對話的小趣味，要簡短，不能過長；要順口，不能嗷嘸難以啟齒；要高雅，至少也不能太過低俗；要創造，不要老撿現成的。一齣戲中，最多一兩個人物有，不能太多人說，而且也不能濫用，精彩處，吐一兩字，收的效果尤高。此外還有道具小趣味，用道具來增加戲劇趣味。

回憶

在安排情節的過程中，回憶也是重要的一項，劇中人物追敘以前發生的事，如果不太重要的話，可由對話中的三言兩語「交代」清楚，若是重要又三言兩語無法交代清楚的話，必須要將回憶用戲「演」出來。

讀者務須注意到這一點，現在編劇的趨勢，以及觀眾的反應，都不太喜歡在劇情中插入太多的回憶，在不得已的情況下才用，而且儘量簡短，如拖得太長，打斷了觀眾的興趣，也破壞了劇情的一貫性。

心聲與旁白

心聲就是劇中人在沉思時的語言，必須要讓觀眾知道的時候，就用心聲表達出來。

旁白是第三者指示劇情的語言，有時劇中人也可插上一段旁白，那是面對觀眾說的，而不是對劇中人說的，旁白經常用在幕前，或幕後，旁白者隱在幕後說話，有時也登臺露臉。

前面例三十九是心聲的例子，例四十一是旁白的例子：

序幕

在正式的劇情開展前，先演一段「小戲」，然後再打出劇名、人名……這叫做序幕，現代電影中，經常可以看到，有如小說中的「楔子」，有引導作用，可以提起觀眾興趣，注意不能太長，也不能太「明朗」，使劇情「洩露」過多，反而減低觀眾興趣。

效果

效果是表達劇情的要件之一，譬如劇中人開了一槍，觀眾卻聽不到槍聲，豈不變成了小孩子扮「家家酒」了？效果分為現場效果及錄製效果兩種，現場演員的行動可產生出來的，叫做現場效果，反之則要事先錄好，到時放出來，例如鳥聲，現場（舞臺或攝影棚，指演員演出戲劇的場所）不可能有鳥，即使有鳥，也不可能照劇情的需要鳴叫，所以要事先錄好，適時放出來，以增加劇情的真實感，在後面廣播劇的寫作一章中，有很多例子。

讀者研習到這裡，對於如何塑造人物，構思故事，安排情節，應用伏筆，製造對比，如何收場等等有了更深刻的概念，如果你將這些「安排」得好，你就懂得「布局」。

第六章　悲劇與喜劇

人類有兩種本能，一是哭，一是笑，人在悲哀的時候就流淚，在快樂的時候就發笑，英國有句名言：「人生在思想的時候是喜劇，在感覺的時候是悲劇。」使人流淚的是悲劇，叫人發笑的是喜劇。

戲劇的分類很多種，在本質上不外悲劇與喜劇兩大類，現在我們先來談悲劇：

悲劇的本質

亞里斯多德說：「悲劇的效用在激發人的哀憐與恐懼。」人類基於同情與憐憫，對於周圍所發生的事物，寄予同情和憐惜，就有悲劇的產生，悲劇本乎情感，人是情感的動物，悲劇的感受是與生俱來的，如果人類失去同情與憐憫的話，悲劇也就在這個世界上絕跡了。

如何編寫悲劇

悲劇既然是叫人哭的，粗淺的說，只要能把握住「叫人哭」的這個原則，就不難創作出好的悲劇。

如何叫人哭，說來容易，寫起來並不簡單。悲劇的重點，也就是它感人的力量，是以它的主角人物為中心的，劇作家處理悲劇的主角人物，應本乎下面幾個原則。

悲劇的主角

在古希臘的哲學家，將悲劇的主角局限於君王、大將、侯爵、英雄等等，以為這些人才有感人的力量，這些人的遭遇生死才值得人關懷。戲劇演進至現代，人人都可作為作家筆下的悲劇主角人物：

一、**重要性**

無論君王侯爵，也無論販夫走卒，劇作家設計一種情況，他是這種情況中重要角色，譬如一個小兵，在一場戰爭中負有重要任務，他的生死關係著全軍的存亡，他為了全軍的勝利，他的犧牲就叫人感動；又如一個農夫，為了拯救一列火車的乘客，在火車即將駛到斷橋前的時候，自甘被火車撞死，以提起駕駛員的注意，他的犧牲就叫人熱淚盈眶。

二、**可愛性**

悲劇的主角要有特殊的個性，而且這個性必須叫觀眾喜愛和同情，前面談的小兵與農夫，劇作家賦予他們服從、勤勞、助人等高貴個性，先叫觀眾喜愛他們，那麼他們的犧牲就更叫人同情了。

三、**尊敬性**

也就是這位主角人物必須有健全的人格，而令觀眾肅然起敬，譬如他有光明磊落的人格，誠實寬大的胸襟，勇敢負責的精神，這才能叫別人尊敬他，若這種人有了悲慘的際遇，我們一定寄予憐憫與同情。

根據上面三個原則，劇作者處理悲劇主角人物，必須靈活運用，否則呆板生硬，人物寫得再好，充其量只是個無生命的「好人好事」而已。所以劇作者還要注意一點：悲劇的主要人物雖然具有上面三種通性，但並不表示他是個十全十美的人物，同時也有他的弱點，也許正由於他某些弱點，導致他的犧牲，如莎士比亞的哈姆雷特，便是個活生生的悲劇人物，叫人惋惜，令人一掬同情之淚。

悲劇雖然是叫人哭的，讀者千萬別誤會，認為悲劇是頹萎而叫人悲觀的，相反的，悲劇是進取而富教育性的，向上而富肯定性的，觀眾從劇中得到某些人生經驗和啟示，善的叫他「悲」，惡的叫他「憤」，在悲憤中他肯定了人生向善的進取精神，這是初學編劇的人需要特別認清的一件事實。

喜劇的本質

笑是世界上唯有人才能做得到的，除了人以外，世界上沒有任何動物能發笑。笑可以增加我們的快感，是人的本能，人在快樂的時候會笑，尤其在發現不合標準的事物，也會笑，笑是純理性的。喜劇的本質乃是人的理性，因為喜劇的目的在使人發笑，將一些不合乎標準的事物呈現給觀眾。

如何編寫喜劇

喜劇著重氣氛，作者要造成一種「笑的氣氛」，這種「笑的氣氛」怎樣製造呢？

一、要設立標準

笑乃是社會的一種公用制裁，凡是不合標準的，大家都會笑它，比方說「拿碗來裝飯」，有人說成「拿馬桶來裝飯」，就要被人笑，因為馬桶是盛大小便的，不是盛飯來吃的。又如女人才會穿花花綠綠的裙子，但是一個男人穿上了花花綠綠的裙子在街上走，滿街的人都要笑他了。所以喜劇首要建立標準，我們的大千世界，雖然熙熙攘攘，卻都有它一定的標準，作者只要把握住這些標準就可以了。但是有些標準不合理，作者另有精闢的眼光和見識，譏笑這些標準，建立新的標準。

二、要理智客觀

笑是純理性的，作家創作喜劇時態度一定要客觀，在情節的安排要注意理性，初學編劇者請特別注意，這不是說喜劇不能有情感，而是說要善加處理，將情感深藏在情節中，叫觀眾「帶著眼淚的笑」來欣賞，則是喜劇的最高原則。

喜劇的人物

喜劇的氣氛既是合乎標準，喜劇的人物則是根據標準來塑造。標準是種觀念，喜劇的人物要合乎原則，有他特殊的個性，也代表著一般觀念；也就是說，喜劇的人物，具有他特殊的個性，同時也藉他闡明普通的真理。

喜劇的對話

喜劇的對話要描繪不合標準的事物，這只是個基本的原則，作者處理喜劇的對話，要憑機智，所謂機智是將兩者莫不相干的事物，巧妙的連繫在一起，這實在不是一件容易的事情，作者平常要多觀察、多思想、多練習。

喜劇與鬧劇

喜劇有高級喜劇與低級喜劇之分：所謂低級喜劇就成了鬧劇了，用什麼標準來分別高級喜劇呢？凡是以精神為標準的，多半是高級喜劇；以物質為標準的，多半是鬧劇，也就是多屬於低級趣味。凡是對話屬於哲理而機智的，是高級趣味；對話粗俗、情節胡鬧，是低級喜劇，也就是鬧劇。

所以寫喜劇，要避免用粗俗的對話和亂打亂鬧的情節，有人說，動口的喜劇是高級喜劇，動手的喜劇是低級喜劇。當然，在喜劇中難免有誇張，唯其誇張，所以構成喜劇，這話不盡然是對的，即使有誇張，也要適可而止，否則太過誇張，就變成胡鬧了。

悲喜劇

情節的進行是悲劇，到最後卻以喜劇收場，這叫做悲喜劇。這樣的劇容易叫人「帶著眼淚的笑」來欣賞，效果是很大的。

到這裡為止，有關編寫劇本的方法，重要的都談過了，讀者請注意，這只是告訴讀者一些原則或技巧，單靠這些原則或技巧是創作不出好的劇本來的，還要靠作者的思想和經驗，讀者在這方面多加追求，才能寫出有深度而感人的有價值的作品。

第三編
戲劇分類編寫法

第一章　電視劇編寫法

由於近年來電視事業的興起與發達，將戲劇帶進了每個家庭，電視劇成了電視節目中的寵兒，隨著電視事業的進步，電視劇的內容與型態也有了長足的進步和急劇的改變。看電視成了現代人生活不可或缺的一部分，而電視劇既受觀眾普遍的歡迎，所以電視劇在電視節目中佔的比例也最大，電視劇本的消耗量非常驚人，於是編寫電視劇成了喜歡寫作的朋友「新興的行業」，培植了不少的新劇作家，雖然如此，電視劇本的缺乏永遠是一個嚴重的問題。

正因為如此，許多寫小說寫詩歌的作家，也「改行」編起劇本來了，但是成功的並不多，其原因是：劇本與小說詩歌不一樣，尤其是電視劇，有它特殊的表達方法，也非短時期的「惡補」可以奏效的。

初學編劇的人，切不可因此而氣餒，寫小說詩歌的人來寫劇本，由於他已定型，擺脫不了他一貫的表達方式，所以寫起來有點格格不入。不論是初學或已有創作經驗的人，學寫劇本，首先要摒棄過去已成習慣的表達方法和固有的成見。

電視劇的種類

電視劇有單元劇、劇集及連續劇三種，單元劇是自成一個單元，這是對連續劇而言的，所以它的內容不連續。單元劇由時間分，有半個小時的單元劇、一個小時的單元劇、一個半小時的單元劇，或兩個小時的單元劇。因為電視時間的寶貴以及觀眾耐心問題，兩個小時以上的單元劇並不多見，最常見的是半個小時與一個小時。

電視劇集是每一劇自成一個單元，每天播映一集，或每星期播映一集，整個內容卻是連續的，分開來看，每個個體卻又是獨立的，電視劇集有半個小時、一個小時的，如許多外國電視劇集：《法網恢恢》、《外太空一九九九年》，國內的如《街頭巷尾》等。

連續劇是整個連續的，內容與形式都不可分，可分的僅是每次播出的一段，平常是每天播出一次，一次播出一段，時間以半小時的為多，也有一個小時的。

以語言來分，目前臺灣三家電視臺，只有國語與閩南語之分，例如國語連續劇、閩南語連續劇、國語電視劇集、閩南語電視劇集、國語電視劇（指單元劇）、閩南語電視劇等。

電視劇的特性

電視劇與別的戲劇不同，它受幾種特性的限制：

一、時間性

每一種類的戲劇，都有時間的限制，電視劇的時間性更嚴，正因為它有嚴格的時間限制，所以它不能過長，也不能太短，若是相差微少，導播可以彌補這段時間，如果相差太多，導播也無能為力，即使劇本再好，也只有割愛，或去頭斬尾，被改頭換面，變成面目全非了，所以作者一定要把握它的時間性。

就內容而言，時間更不能拖得太長，譬如由孩提到青年，再由青年到壯年，這些歷程，在短短幾十分鐘內是無法表達的，除非連續劇集以外，很少有這麼長的時間性，一般只是表達某一個時候，甚至十分鐘內發生的事情，其發展最多也只能延到幾天，當然這要看劇情，這也不是絕對性的，若劇情需要，又無法用更好方法表達時，至少也要加以說明，如用旁白、字幕，以及劇中的言語：「唉，轉眼又過了半輩子了！」上一場他還是青春年少，下一場他就成了白頭翁，劇中人這麼短短一句，就向觀眾提示他已經過了半生，這樣的轉變最好少用，因為觀眾不太容易接受這種突如其來的變化，除非前面有很妙的伏筆。

二、空間性

也就是說電視劇受場景的限制，小說和電影可以海闊天空，作者愛怎麼寫就怎麼寫，但是電視劇的作者卻沒有這份自由，它必須受到場景的限制，即使現在有些場景可以拍影片，但限於「成本」，這些場景還是不能寫得太多而有限制的。

就內容方面說，在有限的時間內，也不可能跳到有限的空間，時間與空間是要彼此配合的，只有連續劇，可以將時間空間拉的長、擴的大，其他電視劇很少把時空擴大的，固然有的電視劇集如此，但是它中間的獨立個體（劇集中的各單元）仍然要遵守這個原則，所以有人說電視劇只在幾個「點」中發展戲，這個「點」就是指它的空間而言。

三、教育性

電視是送到每一個家庭去的，它固然要有豐富的娛樂性，但是更重要的是它的教育性，換句話說，電視劇要有教育價值，所以對取材要有限制，凡是誨淫誨盜、傷風敗俗的不能寫，揭人隱私、敗壞人心的也不能用。

在這方面電視劇要比其他的戲劇所受到的束縛多的多，因為它的影響力實在太大了，電視劇有兩個基本要求：一是娛樂性要高，二是教育性要強，消極的也要做到不要危害世道人心，臺灣的三家電視臺，目前都是靠廣告收入維持，節目控制在廣告商的手中，電視節目常為社會人士所詬病，卻仍然無法改善，其中最苦的當然是編劇了，既要迎合廣告商的口味，又要切合社會人士的需求，編劇變成依樣畫葫蘆，沒有個人的「創意」，這也是近年來編劇難得出頭的原因之一。

如何寫電視劇

把握住電視劇的特性，才能學習如何寫電視劇，現在我們分開來談。

單元劇的編寫法

單元劇既是自成一個單元，所以它是完整性的，有頭、有尾、有過程、有高潮。

半個小時的單元劇，人物最好在五至八人，人物如果太多，在短短的半小時之內，無法表達，必然顯得雜亂，這是指主要人物而言，如配角有需要，又不妨礙劇情的表達，當然可以增減，但是電視劇有一定的製作費，多加一個人物，就多一筆演員費，這是要考慮的。

一個小時的單元劇，主要人物最好六至九人，景四至六景，景多了，攝影棚的空間有限，就會使有些景無空間布置。

半個小時的單元劇，景也只能在三與四之間，至於場數是在五至九場之間，這要看劇情的需要，如果場數太多顯得零亂，場數太少就顯得呆板。

一個小時的場數七至十二場之間為最好，一個半小時的人物七至十二人之間，景五至七景之間、場數十至十八場為最好。

這些並不是硬性規定的，這裡只告訴讀者一個準繩，還要看劇情的發展來增減，讀者切不可局限於這些數字，而作自我的不當束縛。

劇集的編寫法

編寫劇集，先要擬好一個故事，它與連續劇不同之處，它每個單元能獨立，主要人物連續，個別劇情不同，再根據這故事編寫分集大綱，然後根據這些分集大綱編寫劇本，有時電視臺因為要趕時間，分給好幾個作者編寫一個劇集，這時要把握人物的性格和劇情銜接，否則各自為政，彼此合不攏來。

電視劇集一般都在三十至六十集，也有六、七集一星期播完的。

連續劇的編寫法

目前劇本消耗量最大也最受觀眾歡迎的，就是電視連續劇，作者先提出一個構想(idea)，徵得電視臺或製作人的同意，也許他們有修改的意見，故事修正後，再擬成分集大綱。目前新聞局規定每個連續劇以六十集為限，不得超過（編按：現已無此規定），分集大綱通過後，再來編寫劇本，有時並不擬大綱，直接照故事編寫劇本。

因為時間的關係，以及連續劇太長，一個人編寫太吃力，多半分給好幾個作者編寫，這時作者必須把握劇中人物的性格和銜接劇情。在每集中至少要有兩個高潮，每集的收場一定要製造一個懸疑，叫觀眾看了上集，非看下集不可，觀眾欲罷不能，這樣才能吸引觀眾，增加「收視率」。

人物與布景

前面就人物與布景的「量」說明過了，現在來談談人物與布景的「質」，有些人物是不適合「上電視」的，假如我們寫一個處長、局長，就不如用董事長、總經理，以免引起不必要的誤會，因為董事長與總經理是普通名詞，處長、局長是「官方」的「專用」名詞，觀眾或許以為你影射某人了。

對於殘缺的人，最好少用，即使用也要著重鼓勵的一面，避免誇張和諷刺，更不能傷及某一行業的，以免引起公憤。

電視劇的布景以靜景為主體，例如客廳、臥室、公園、街巷等，少用「動」景，如我們用大馬路、十字路口、海灘、江河等為景，在攝影棚布不出來，勢必要拍外景，增加製作的成本，製作人與電視臺都不太樂意的。

如非萬不得已，一集中也只能用一兩場外景，但要短，同時對話要儘量減少，以免配音發生困難。

電視劇的格式

電視劇的寫法，有兩種格式，如下例：

例五十六　影部與聲部分寫的格式

第一場

景：王家客廳　　時：日

人：老王、阿秀

老王坐在沙發上

聚精會神的看報，

阿秀上。

阿秀：老爺，隔壁李媽有事找你！

老王：（沒好氣的）少理那個長舌婦！

例五十七　直行不分隔的寫法

第一場　人：老王、阿秀、李媽　　時：日

景：王家客廳

（老王坐在客廳看報）

（阿秀上）

阿秀：老爺，隔壁李媽有事找你！

老王：（沒好氣）少惹那個長舌婦！

以上兩種格式都為電視臺所採用，一般來說，以例五十七的寫法為多。

以六百字稿紙為準，半小時的電視劇，要寫滿二十一張；一小時電視劇，要寫四十一張；一個半小時則在六十五張左右。喜劇因為進度較快，要多寫一兩張，悲劇進行較慢，可減少一兩張。

電視劇用語

電視劇有許多術語和代用語，作者在編劇的時候，不一定用得著，但必須知道，認識這些字，現在附表如後，供讀者參考。

電視工作人員常用術語中英文對照表

01	Stand by	現場準備	11	Tilt-Up	抬頭
02	On Air	開播	12	Tilt-Down	低頭
03	Off Air	停播	13	Superimposition	疊印
04	Ready 1	準備一號	14	Truck Left	左推
05	Take 1	開一號	15	Truck Right	右推
06	Dissolve	化入	16	Zoom Out	促進
07	Fade In	出現	17	Zoom In	促回
08	Fade Out	消逝	18	Dolly In	前進
09	Pan Right	右搖	19	Dolly Out	後退
10	Pan Left	左搖			

電視節目製作人員中英文名稱對照表

01	Producer	製作人	09	Talent（Actor）	演員
02	Director	導播	10	Camera-man	攝影師
03	Producer Director	製作兼導演	11	Boom	麥克風
04	Assistant Director	助理導播	12	Stage-hands	助手
05	Switcher	技術導播	13	Artist	美工
06	Audio	成音	14	Light-man	燈光
07	Floor-Man	現場指揮	15	Props-man	道具
08	Announcer	報幕	16	Stand-bys	候場

電視攝影人員常用術語中英文對照表

01	Close UP	近景
02	Extreme Close Up	大近景
03	Medium Close Up	中近景
04	Out	停止
05	Esterior	外景
06	Interior	內景
07	Long Shot	遠景
08	Loose Shot	寬景
09	Tight Shot	滿景
10	Medium Shot	中景
11	2 or 3 Shot	二、三人相
12	Full Shot	全身
13	Bust Shot	胸上
14	Knee Shot	膝上
15	Thigh Shot	腿上
16	Waist Shot	半身
17	Over Shoulder Shot	肩膀
18	Fade-Sound and Picture-Out	聲相全消

一、以鏡頭運用分

01	LS	遠景
02	ELS	大遠景（全景）
03	MLS	中遠景
04	MS	中景
05	MCU	中特寫（近景）
06	CU	特寫
07	TCU	大特寫
08	ECU	最大特寫

二、以攝影角度分

01 High 高
02 Low 低
03 Extreme Left Right 最左、最右
04 Head on 向上
05 Reverse Angle Shot 轉回
06 Over-the-Shoulder-Shot 肩膀以上

三、以演員容量分

01 1 Shot 取一人
02 2 Shot 取二人
03 Group Shot 取一組
04 Mob Shot 取全體

四、以物體所取的部位分

01 Full Figur Shot 全身
02 Knee-Shot 膝上
03 Thigh-Shot 腿上
04 Waist-Shot 腰上
05 Bust-Shot 胸上
06 Shoulder-Shot 肩上
07 Head-Shot 頭上
08 2 Tight-Heads 雙頭

五、以攝影機的自然移動分

01 Pan-Shot （左右）擺鏡
02 Tilt-Shot 抬（低）頭
03 Truck-Shot （左右）推鏡
04 Dolly-Shot 進退鏡
05 Zoom-Shot 遠鏡
06 Arc-Shot 半圓鏡

電視劇投稿

因為電視劇本的消耗量驚人，三家電視臺都長期鬧著劇本荒，所以都公開歡迎外來稿件，惜乎可用的不多，其原因是作者不諳該節目性質，閉門造車，而白費力氣。

投稿有幾個原則：首先要確定投什麼節目的稿，例如臺視的《星期劇院》，是劇本需要量大而又歡迎外稿的節目。我們先要瞭解它的性質，事先多收視這個節目，然後你就發現這是一個基督教製作的節目，有傳教的主題，不一定要有傳教的形式，題材多採用日常生活的素材，寫實而不驕縱，且有豐富的教育意義，這是它的特色；把握了它的特點，再來編寫適合這個節目用的劇本，採用的可能性極大。

電視連續劇的投稿比較複雜，先寫好一個故事，字數在兩三千字之間，先寄給製作人，如不認識製作人，直接寄給電視臺；若認為你的故事可用，會找你去商談，再擬成分集故事大綱，如又獲通過，即可編寫劇本。

連續劇的故事要有強烈的衝突性，劇情要曲折緊張，儘量的要「抓」住觀眾。

讀者多留意電視臺節目的動態，抓住它的特性來編寫劇本，只要題材雋永，劇力強烈，成功的機會十之八九。

電視劇舉例

下面提供一個小時的電視單元劇，一個連續劇的故事及大綱的片斷，對讀者來說，這是不夠的。限於篇幅，無法多舉例，但讀者可以多參考電視臺的節目，多練習、多觀察、多思想，不難寫出好的劇本。

例五十八　一個小時電視單元劇

《彼此彼此》

人物：

(1)彭建華：正義感的青年
(2)胡麗容：彭女友，虛榮善妒
(3)徐秀鳳：善良，但不夠堅強
(4)沈榮興：徐夫，大好人
(5)李大媽：老婦
(6)店　主：（可客串）

布景：
(1)胡家客廳
(2)沈家客廳
(3)大雜院的天井
(4)珠寶店一角

第一場
景：胡家客廳
時：午
人：彭、胡

（胡坐在窗前對鏡化妝，可看到大雜院的景象及沈家大門）
（胡對鏡端詳，鼻子挺秀、美麗、嫵媚，頗為得意）
（輕輕的敲門聲）
（胡看看門，未作理睬，繼續端詳自己）

（彭輕輕推門入，發現胡化妝，略感意外）

彭：我以為你還在午睡呢！

（彭脫上衣掛在衣架上）

胡：我睡不著……哎，你仔細看看我！

（彭端詳胡，並不仔細，

胡故露齒微笑）

彭：（漫不經心的）嗯……麗容，我們什麼時候走？

胡：你少問我什麼時候，我只問你美不美？

彭：這……

（彭不得不仔細再端詳胡，臉上有莫可如何表情，胡湊過臉去，懷著期望的笑）

胡：是不是比以前要嫵媚一點？

彭：（技巧的）不過……我總覺得以前的你比現在來得自然，來得真實！

（胡滿肚不高興）

胡：什麼，你不覺得我比以前美？

（彭笑著迴避胡的不高興）

彭：當然，就整個來說，你仍然是我最美麗的天使呀！

（胡生氣坐到沙發椅上去）

胡：哼，你是故意在敷衍我！

（彭欲解釋）

彭：麗容，你聽我說，我的意思並不是說你……

胡：你少惹我！

（胡忿忿然又坐至窗前去，對著鏡子，已覺得不是滋味）

彭：（仍向胡解釋）你別誤會，我絕對沒有一點嫌惡你的意思，……哦，你不是要我今天來陪你去買項鍊的嗎？

胡：誰希罕你的東西，你給我走！

彭：又發小孩子脾氣了，你也不算一算，我們訂婚的日子也沒多久了，該準備的東西須要準備啦……

（胡正想啐彭，卻被窗外大雜院景象怔住了）

（O.S. 爆竹聲、人聲）（※註：O.S. 場外的聲音之意，又稱畫外音）

（彭也看窗外）

彭：你們這家大雜院，也真夠熱鬧的，不是這家敲破銅爛鐵，就是那家放鞭炮！

胡：對門好像是……我聽說有一對新婚夫妻要搬進來！

彭：搬家也要放爆竹？

（O.S. 看新娘子的叫聲笑聲）

（從窗子看出去，隱約可看到一對新人，進到對門去了）

彭：哎，看見沒有，那個穿大紅衣服的，有個男的攙著她進門去了。

胡：（剛消的氣又上來）你的眼睛倒蠻利的！

（彭仍看窗外）

彭：那新娘子好漂亮，身材好窈窕！

（胡怒對彭瞪眼，

彭未覺）

彭：不錯！不錯！……

（彭回頭看了胡怒相，趕快收了口，

胡怒推彭）

胡：你給我滾出去！

（彭有點摸不著頭腦）

彭：啊？

（胡怒推彭出去，碰的將門關上）

胡：滾！你給我滾得遠遠的！

（彭又推門入）

彭：我的上衣，我的上衣！

（胡取衣罩在彭頭上，一腳踢在彭屁股上，彭踉踉蹌蹌跌出門外）

彭：哎喲！

第二場

景：沈家客廳（新搬家景象）

時：下午

人：沈、徐

（房子裡的東西非常零亂，顯出這是一個尚未整理就緒的新遷家庭）

（沈站在凳子上，在牆上釘釘子，準備掛他們的結婚照片）

（徐愁眉苦臉在一旁看著門）

沈：秀鳳，你看看，掛在這兒行嗎？

（徐不在意的看沈一眼）

徐：隨便好了，反正這裡是住不久的。

沈：即使住一天，也得住得舒服……你看，掛在正中，這個小客廳增加了不少的光彩吧?!

徐：你越覺得光彩，我越覺得壓力大！

（沈不解的從凳子上跳下）

沈：壓力，什麼壓力？

徐：你沒有看見？我們昨天搬來的時候，整個大雜院的人都在瞪著我看！……

（徐站起來，走到門邊，低頭摸自己衣角）

徐：好像我臉上就少了什麼似的！

（沈笑起來）

沈：噢！那是他們被你的美麗吸引住了！

（徐走到沈身邊，手搭在沈肩膀上）

徐：榮興，我知道你對我好，可是別人並不像你這樣的看我！
沈：沒有人說你不好，你何必多疑心呢？
徐：這是個大雜院，人多嘴雜，最不好相處，我看……我們還是另外搬家吧！
沈：住住看嘛！只要我們自己拿定主意，能夠誠懇待人，我相信別人不會給我們難堪的。
徐：可是我的精神受威脅太大！
沈：那是你自己心理作用，沒有人威脅你……是我，是嗎？
（沈退後一步，作鬼臉逗徐，
徐擰了沈一記）
徐：死相，我不來了！
（沈摸著被擰的大腿）
沈：哎喲！好疼呀！
徐：誰叫你多嘴?!你還想討一記是吧？
（徐追沈，沈沿桌跑，邊作鬼臉逗徐，徐越要追，二人越追越快，一齊摔倒在地，桌上的漿糊、墨水打翻，二人都塗了一臉，
二人站起，相視大笑）

徐沈：哈……

第三場

景：大雜院天井

時：早

人：李、徐、彭、胡

（李拿著竹掃把，在掃天井，一邊嘀咕）

李：這些小鬼頭，滿院子破紙爛皮的亂摔，再要是給我看到，非打破他們的小蘿蔔頭不可！

（徐盛裝自家門出）

（李迎上去）

李：喲，好新娘子，你這身打扮，就像一枝花枝，滿掛了電燈泡，又美又亮，真是羨煞我老太婆了！

（徐被李這一讚，反覺得不好受忸怩）

徐：李大媽，你真喜歡打趣人家！
李：還是我打趣你，你自己打量打量我們這院子裡……
（李說著環院一指，胡自家門出，而李未覺察）
李：有哪一個比得上你！
徐：李大媽，你快別這麼說，把我羞死！
李：這是事實，從前……
（李指指胡家門，卻未察覺胡已走到她身後）
李：這一家的胡小姐，可以數這個大雜院的（伸大拇指）這個，現在你搬來了，王昭君後面又出來個楊貴妃，頭名還是算你啦！
（徐在李說話時間，已察覺胡走近，示意李，李仍未覺）
李：（說溜了嘴）像你這麼甜，這麼美，又這麼和氣，若我是個男子漢，也會被你迷住的呢！
（徐想抽身走開）
徐：李大媽，我要上街買點東西，回頭見啊！
李：回頭見！

（李悵然望著徐走開，這才發覺胡，有點愕然，有點惶恐）

李：（陪笑）嘻嘻，胡小姐，你……你早啊！

胡：（半理不理的）哼！

李：啊?!

李
彭：啊？

（李這才發覺胡神色不對，轉身挾著掃把就溜，不意被匆匆趕近的彭撞了個滿懷）

（兩人一怔）

彭：哦，李大媽，是你，對不起！

李：嘿！你們年輕人，走路就是顧前不顧後，顧後不顧前……（莫可奈何的）唉！

（李搖著頭走出鏡頭）

（彭拍拍身上灰，解嘲的笑向胡）

彭：李大媽的力氣可還真不小呢……你……你打算出去？

胡：哼！

彭：麗容，你還生我的氣？

（胡用手托著下巴，斜視著彭）

彭：上一次你究竟為了什麼弄得我丈二和尚摸不著頭腦！

胡：少囉嗦，你來幹什麼？

彭：買東西呀，你打扮這麼漂亮，上哪兒去？

胡：你不是說去買東西？

彭：（高興起來）是呀，我就知道你是有嘴無心，好好好，咱們走！

（彭伸出手臂，待胡挽，胡要挽彭臂，忽又站住）

胡：我問你，這個大雜院裡，你認為哪一個最美？

彭：這？

胡：你說呀！

彭：是……當然是你了咯！

胡：哼，口是心非。

彭：你怎麼忽然想起這個問題來了？

胡：是我的手癢，叫我來問你的！

彭：你的手癢？

（胡揚起右手二指，作勢要揪彭，彭會意，趕快逃開，邊逃邊摸大腿）

彭：哎哎，手下留情，手下留情……

（胡又氣又笑的作得意狀）

第四場

景：珠寶店一角

時：上午

人：彭、胡、沈、徐、店主

（沈與徐走進店面，瀏覽櫃中陳列）

店：你們要買什麼，鑽戒、項鍊、手鐲、應有盡有……

（徐眼光停在一串綠玉項鍊上）

沈：喜歡它嗎？

徐：一定很貴。

店：不貴，不貴，只值五萬多塊！

徐沈：什麼，要五萬多？

店：太太，這是真正的翡翠綠玉，本店絕不講價，您先看看貨色。

（店主一邊從櫃檯中拿出項鍊，徐蘑菇良久愛不忍釋）

店：這串項鍊掛在您身上，更增加您的高貴美麗。

沈：能不能便宜一點！

店：這是實在價，本店在這個鎮上有二十年歷史，也是唯一的一家首飾店，從不欺騙顧客。

沈：太貴了嘛！

店：先生，這是真正的翡翠，若是假的，七十塊錢也不值。

沈：誰要假的呀？

店：就是呀，像您這麼高貴的一對夫婦，一定要一副真正高貴的裝飾品來陪襯，這樣好了，減一千元，作五萬二千元好了。

徐：太貴了，榮興，不要買了。

沈：你要是喜歡，就買下來吧！

徐：用不著這麼貴的東西，還是留著做別的用吧！

沈：秀鳳，說真的，你若是……

徐：不用嘛，走嘛！

（徐拉沈走開）

店：先生太太，別走嘛，價錢好商量，別走嘛！

（彭與胡走過來）

胡：看到沒有，原來他們挑的是這一條項鍊！

店：是，是……這條項鍊高貴大方，太太……

（胡聞太太二字，怒對店主瞪眼，店主連忙改口）

店：（陪笑）小姐，你掛上這條項鍊，就像天使披上彩帶，真是天上少有，地上無雙。

（胡暫時不理店主，把玩項鍊對彭）

胡：你剛才聽見沒有，男的要買，女的卻裝模作樣。

彭：大概她不喜歡吧。

胡：不喜歡？哼，買不起！

彭：買不起，多少錢？

店：不貴，只要五萬二千塊錢！

彭：乖乖隆的冬，五萬多呀！（伸舌頭）

（胡看彭做怪樣，老大不高興，彭發覺，忙改容正色）

胡：我要這條項鍊。

彭：什麼？你……

胡：我要買，聽見沒有？

彭：（為難）這……

胡：怎麼？

彭：買別的好不好？譬如這條白金的、銀的、珍珠的……

店：（加油添醋）這些哪有這個漂亮大方，高貴的小姐就要戴高貴的裝飾品。

（彭向店主瞪眼，店主故作不察，繼續向胡兜售）

店：小姐，這個大鎮上只此一家，你在別的地方再也買不到綠玉、翡翠，只賣五萬多塊錢，便宜，實在再便宜也沒有了。

（彭在胡後向店主作手勢）

（被胡看見）

胡：你幹什麼？

彭：啊！

胡：丟人，你買不買？

（彭為難）

（店主又趁機遊說）

店：買，你這位男朋友，看起來又大方又多情，這一點小禮物還不買給你，你別擔心他一定買，一定買。

（彭氣得吹氣）

（胡斜眼看彭）

胡：怎麼樣？

彭：你知道，我準備的錢不夠，要做禮餅，又要打戒指，要是買了這個，別的就不要辦了。

胡：我不管，我要買嘛！

（胡開始嬌嗔起來，店主趁火打劫）

店：嘿嘿，應該買，幾個小錢，換來高貴的愛情，應該買，絕對應該買。

胡：你究竟買不買嗎？

彭：這是裝飾品，並不是非要它不可的，過得去就行了，何必買這麼貴的。

（胡軟攻無用，開始變臉）

胡：少教訓我，你到底買還是不買？

彭：麗容，我真是不懂，裝飾品這麼多，為什麼偏偏要買這個呢？

胡：（賭氣）別人買不起的，我就買得起。

彭：你在給誰賭氣！

胡：你不買，我自己買！（吩咐店主）哎，你給我留起來。

（胡氣沖沖地走了）

（彭追出）

彭：麗容，麗容……

店：前面第一個客人，男的又太大方了，這第二個客人，男的又太小兒科了……唉！

第五場

景：大雜院

時：白天

人：李、徐、胡

（李坐在院落一角縫補衣服，徐走近）

徐：李大媽，我來替你縫。

李：這怎麼使得，新娘子一雙玉手萬一戳破了，沈先生來找我可受不了。

徐：李大媽，你老愛取笑人。

（李拿身邊另一張小凳子）

李：坐下來，坐下來談談。

（徐挨李坐下）

李：唉，你的沈先生對你真不錯，真是你的福氣，嫁到這種男人，你一輩子都不用操心。

徐：可是我並不快活。

李：（誤會的）你也是太人心不足了，這樣體貼溫柔的丈夫還不好？

徐：我不是指這個，我是說，我們院子裡的人，好管閒事的太多了。

（胡搖擺走近，徐住了口）

胡：（故意搭訕）李大媽，你好能幹，又會洗，又會補。

李：胡小姐，難得你誇獎我，不是我能幹，是我那些小孫女給我作孽，補了這裡，那裡就破了，一雙手就為她們忙。

徐：（要走，站起）李大媽，您坐，我有事。

李：坐一回嘛，新娘子，你的新郎還未下班回來呢？

徐：李大媽！

李：嘻……

胡：喲，原來你就是新娘子。

徐：請別這麼說，我們結婚已快一個多月了，請教貴姓？好像沒見過。

胡：你是真沒見過，還是假沒見過！

徐：對不起，平常不大出來聊天，又新搬來不久。

李：你們就住在對門對戶，這是胡小姐，這是新娘——沈太太。

徐：（禮貌的）真是失禮，李大媽再見，胡小姐再見。

李：再見！

胡：（不屑）哼！

（胡望著徐離去背影，忽然好笑起來）

李：哎，你笑什麼？

胡：我以為是一個天上難尋，地上無雙的活仙女，原來是個塌鼻子，哈……

（李疑惑地不以為然）

李：塌鼻子，沒有啊，配在她臉上的鼻子，反而更顯得嫵媚動人，討人喜歡。

胡：（忌妒）塌鼻子，我說是塌鼻子就是塌鼻子，哼！

（李警覺回顧，怕徐聽到）

李：你小聲點，人家還沒走遠。

胡：怕什麼，臭美！

李：（有點明白胡的忌妒）大概人家很美，你的眼光太高了吧！

胡：嗯，（怒視李）是的，我眼光比她鼻子高，所以看在我眼裡她就是塌鼻子。

李：（想脫身）我那幾個小淘氣孫子，大概野膩了，快回家吃飯了。

（O.S. 遠處有兒童嬉戲聲）

第六場

景：沈家客廳

時：黃昏

人：沈、徐

（室中家具已擺設整齊，顯示這已是一個有條理的家庭）

（徐伏在桌上抽搐）

徐：嗚……

（沈提公事包推門入，大驚）

沈：秀鳳，你哭什麼？你哭什麼？

（徐越發傷心，撲倒沈懷索與大哭起來）

沈：是誰欺侮了你，你說！

徐：每個人都欺侮我！

（沈氣憤起來）

沈：每個人都欺侮你？到底是誰，你跟我講！

徐：凡是住在這個大雜院的人他們都欺侮我！

沈：都欺侮你，是怎麼欺侮你的？

徐：從我們搬進來那一天，每個都盯著我看，尤其那個女人的眼睛欺侮我！

沈：用眼睛欺侮你？為了什麼？

徐：她說我……說我是塌鼻子，嗚……

（沈鬆了口氣，忍住笑）

沈：哦，我以為是什麼事，（還是笑出來）嘻……秀鳳，你知道你這個鼻子正是我喜愛的，你懂嗎？

（徐坐到沙發上去）

徐：搬進來那天，像看怪物似的看我，今天我才知道什麼原因。

沈：我問你，你的鼻子真塌嗎？

徐：我從來就沒發現我的鼻子是塌的！

沈：現在呢？

徐：我回來瞧鏡子，發現也沒有！

沈：那就好，告訴你，因為你比她美，所以她忌妒你，故意栽誣你。

（徐忽止住哭，跑到桌上拿起鏡子細看，再回頭問沈）

徐：榮興，你說實在話，我到底美不美？

沈：你看你這句話問得多傻，你忘了我追求你的熱情？你忘了我們已結為終生伴侶？

徐：（認真的）但是我究竟美在哪裡？

沈：啊？

（這話把沈問著了，又不能不回答，有點愣然）

沈：這……很難說，不過要我具體說出來的話，我只能大概的說，你的五官配得很均勻，臉蛋給人又甜又美的感覺，身材……玲瓏動人，……總而言之，總而言之，你渾身上下，對於我來說，具有一種不可形容的靈性美！

徐：你說的都是良心話，可是……我還要問你，我還有沒有缺點？

沈：（更為難）這……（無法正面回答，誠懇的）秀鳳，任何人也免不了有缺點，除非上帝特意造一個像他一樣完全而聖潔的人。

（徐不滿意沈的回答，固執的追問）

徐：不，我要你坦白的告訴我，我的鼻子是不是真的有點塌。

沈：我剛才不是說過！

徐：你騙我，你想瞞著我，你一定聽了別人不少罵我塌鼻子的話。

沈：不錯，我是聽見一個人罵你塌鼻子的話。

（徐興奮的站起來）

徐：他是誰，怎麼個罵我？

沈：那個人，太小氣，聽了別人的話，就以為你的鼻子真的塌。

徐：是誰，你快告訴我！

（沈滑稽的退後，指著徐鼻尖）

沈：那個人就是……你自己！

徐：啊?!

（徐又氣又惱，又不禁好笑）

徐：你，你簡直壞死了，還拿人尋開心！

沈：沒有人罵你，你硬要我說，那只有你自己！

徐：可是就有人……

沈：（耐心的）別管別人怎麼樣，要緊的是我們自己心理要健全，秀鳳，我希望你把空餘的時間和思想，用在如何去建立我們美滿的家庭上！

徐：（還是有點委曲的）可是我……我……

（沈安慰撫著徐肩，兩相偎依）

沈：（安慰）小寶貝，小寶貝……

第七場

景：大雜院

時：白天

人：李、徐、胡、彭

（李站在院落中，手裡拿著餵雞的穀米，喚雞）

李：（喚雞）咕……咕……

（效果：這處頑童嬉叫聲）

李：這些小鬼頭，把我的雞嚇得也不敢來吃食了！

（李朝頑童放聲高叫）

李：你們小鬼到院子外面野去，別擋了老娘的雞來吃食！

（效果：頑童聲漸弱）

李：咕……咕……

（徐走近）

徐：李大媽，我來替你餵雞好不好？

李：這怎麼使得，弄髒了你一雙玉手，回頭你沈先生找我李大媽算帳，可不得了啊！

徐：哪裡的話，我在沒結婚以前，也常幫我媽養雞！

李：喲，真是個能幹的新娘子！

（效果：頑童的叫聲又起）

李：（又氣又惱）這些小鬼頭，把我的寶貝雞嚇得一個也不敢來了！

徐：這個大雜院裡的人，好像連小孩子也會欺侮人！老盯著人看！

李：我的好新娘子，他們看你是因為你漂亮，小孩子也懂得愛美！

徐：李大媽，你總愛取笑人家！

李：是真的，我這個老太婆，就是想叫人看也沒得人看囉！

（徐李笑起來）

（胡打扮得妖模怪樣的走近，頭脖上掛了一串綠翠玉項鍊，神氣活現的向徐李亮亮）

胡：李大媽！

李：喲，我的胡小姐，你今天脖子上多了一樣東西，綠油油還閃閃發光亮？

（胡故意冷落徐，這時卻有意將項鍊向徐亮著）

胡：這是翠玉珍珠項鍊，我剛剛花了五萬塊錢買來的，（傲然）你們看看，有人戴過這種項鍊嗎？

（徐有點受不了，趁機欲走）

李：沒有，好像沒有！

徐：李大媽，對不起，我實在要走了。

（胡正好抓住機會調侃徐，怪樣的）

胡：喲！做了新娘子，身分畢竟不同了，跟別人說說話，也好像挺委屈似的！

徐：哪裡的話，胡小姐，我實在是有點不舒服！

胡：哪裡不舒服？是眼睛、耳朵？還是嘴巴、鼻子？

徐：（氣往上沖）你……？（忽又忍住）不是，是頭有點疼！

胡：頭疼不算病，只要忍一下就行了……哦，新娘子，你應該叫你的新郎買這麼一串項

鍊送給你才對！

徐：我不喜歡這種東西！

胡：不喜歡？嘻……

（胡怪笑，晃著手中項鍊炫耀）

胡：愛美是女人的天性，除非沒得錢，荷包不替你爭氣，李大媽，你說是不是？

李：（結巴）啊！這……是……是……

胡：新娘子，你要戴嗎？我可以借給你戴幾天。

徐：謝謝你，我不習慣戴這個。

胡：戴首飾是女孩子天生的習慣，除非沒有得戴，李大媽，是不是？

徐：（想走）我的頭實在疼得厲害，我要走了。

胡：慢點嘛！談談嘛！何必走呢！來，我給你戴上去！

徐：（推辭）不好，不好，這麼貴重的東西，萬一弄丟了怎麼辦？

胡：我看你老盯著它，好像很羨慕的樣子，羨慕一件東西而得不到，那是很痛苦的事，李大媽，你說是不是？

胡：我們的新娘子實在了不起，又美麗，又賢惠，又能忍耐，嘻嘻……

徐：（忍不住氣上沖）胡小姐！

胡：嗯，什麼事呀！

（徐忽又忍住，面色轉和）

徐：（換了口氣）哦，沒有什麼，我只是想……想回去休息一下。

（徐做頭疼狀）

（胡又拉著徐）

胡：談談嘛，急什麼，你又沒什麼事！

徐：不，我實在要走了，再見！

（徐掙脫胡的手，向李打招呼後匆匆走出，李想責備胡幾句，又不知從何說起）

李：你……胡小姐……你……

胡：嘻……

（彭怒形於色上）

彭：麗容，麗容！

胡：嗯！原來是你，嘻……

（胡笑得前仰後倒，得意的走近彭）

胡：你什麼時候來的？

彭：（冷冷的）很久了。

胡：（發現彭冷冰冰的樣子）你這麼冷冷的瞪著我幹什麼！

彭：剛才我站在院外的牆角下，你的每一個舉動，我都看得清清楚楚。

胡：看清楚了怎麼樣？

彭：我覺得你太過分了，你怎麼不想想你自己。

胡：我自己怎麼樣，我瞎了眼？缺了嘴，跛了腳，還是塌鼻子？

（彭被逼得直往後退）

胡：你說，你說！

彭：每個人都無法十全十美的，而且一個人的善良並不就是可欺，一個人最卑鄙的事情，莫過於譏笑別人的缺陷，欺凌別人的善良，尤其是別人沒有事硬說人家有，太不應該……

（胡一聽有些慚然，忽委曲地啜泣）

胡：誰叫每個人都說她美的！

彭：哼！你太過分。

胡：你……?!

彭：我希望你自己好好反省，過幾天我再來看你，再見！

胡：（欲挽留）你……你太無情了！

彭：你太無禮了。

胡：好，你滾，你快滾！

李：（想制止）胡小姐。

胡：李大媽！（悲從中來，撲在李懷裡）嗚……

李：唉！

第八場

時：黃昏

景：沈家客廳

人：沈、徐

（客廳的擺設又很零亂，顯示這個家又陷於苦悶之中）

（徐支頤坐在沙發上，愁眉苦臉，頰有淚痕，不時站起，拿起鏡子照臉，又急遽放下，胡亂在室內走，走不了幾步，重又坐回到沙發上，表情憂鬱而徬徨）

（沈抱大包小包入）

沈：秀鳳，快幫忙接著，秀鳳，秀鳳！

（徐看沈一眼不理他，反而轉過身去）

沈：你怎麼了？

（沈把東西放在沙發上，走近徐）

沈：秀鳳，你又不快樂了？

徐：沒有呀！

沈：我看得出，你面頰上的淚痕還沒有乾，告訴我，是什麼事？

徐：告訴你，沒有什麼！

沈：你一定有什麼心事，這幾天我看你吃不下，睡不好，一天到晚悶悶不樂的，究竟為了什麼？

徐：不為什麼！

沈：告訴我，讓我分擔你一點愁苦。

徐：叫你不要，你少管我。

沈：這……

（沈從沙發的紙盒中拿出西點，打開遞給徐）

沈：這是剛出籠的奶油蛋糕，你最喜歡吃的，快吃。

徐：我不想吃。

沈：這……

（沈放下蛋糕，又拿出衣料）

沈：你看，你不是最喜歡這種花式嗎？去做一件旗袍，一定美麗高貴。

徐：我不要做。

沈：這……

（沈放下衣服，搔頭苦思想使徐高興起來，忽然想起，從沙發紙盒堆中亂找）

沈：哎呀！糟糕，一定掉了。

（徐並不看沈一眼，沈一面找，一面注意徐臉色，後來在自己褲袋中掏出一個小絨布盒子）

沈：哦，我知道了，你一定是為了……來，你打開來看看，你一定驚奇而高興。

徐：我不要看。

沈：就在這個絨布盒子裡有你最喜歡的東西，我打開給你看看。

（沈像魔術師表演戲法似的一下子揭開絨布盒，一條燦爛晶瑩的翠玉項鍊呈現著）

沈：你看！

徐：（不在意的瞟了一眼）嗯……

沈：秀鳳，你並不高興？

徐：（心不在焉）嗯！

沈：你上次看的那一條翠玉項鍊，我給買來了呀，只花了五萬塊錢，我是希望你會高興，會喜歡。

徐：你弄錯了，我並不是因為得不到這個而不高興！

沈：你不是希望得著它嗎？這是鎮上唯一一家珠寶店裡的，別的地方還買不到呢！

徐：這不是根本原因！

沈：根本原因是什麼？

徐：與你無關。

沈：你是我的太太，你哪一點不與我有關係？

徐：請你走開，讓我一個人靜靜好不好？

沈：你……你不要太多愁善感，對你身體有大妨害的呀！

徐：好了，好了，我懂了，請你到臥室裡休息好不好！

沈：好，如果我打擾了你的話！

（沈愣愣點頭，走開幾步，回頭要說什麼，終於止住，作了一個無可奈何狀，走出鏡頭）

（徐雙手捧著臉，抽搐幾聲，忽然有所決定，抬起頭來，目光堅定）

徐：我，我必須這麼做！

（站起身來，回頭向內望一眼，小心悄悄離去）

第九場

時：接上場

景：沈家客廳

人：沈

（沈自內出，自桌上拿起絨布盒）

沈：咦，人呢！秀鳳，秀鳳……怪了，到哪兒去了？

（向窗外張望，又向內找，想）

沈：她會到哪兒去，我要去找她，秀鳳，秀鳳！

第十場

景：大雜院

時：接上場

人：彭、胡、沈

彭：麗容！

胡：（鼻音）嗯！

（胡斜眼看彭）

彭：你反省過了沒有？

胡：去你的！我做錯了什麼事，要我反省？

彭：就拿你現在來講，手裡拿著一串項鍊，逢人就炫耀，這不是應該反省的嗎？

（胡嗤之以鼻）

胡：你好不害羞，你買不起，我自己買的項鍊，給別人看看也不行？

彭：可是你不應該炫耀，這並不值得驕傲，反而顯出你的……

胡：顯出什麼？

彭：（不得已）顯出你的幼稚！

胡：呸！你算什麼，要你來管！

（沈一邊叫著走近）

沈：秀鳳……秀鳳……奇怪，一眨眼就不見人？

（胡搭訕上去）

胡：怎麼，把新娘子丟了？

（沈看看胡，不願與之談話，仍禮貌的）

沈：剛才一下就不見人了！

（胡故意炫示手中項鍊，沈發現，驚愕住口，審視一下，旋即不在意，胡卻得意非凡）

胡：漂亮嗎？

（沈不屑的笑笑，走開）

沈：秀鳳……秀鳳……

（胡忽然好笑）

胡：嘻……嘻……

彭：你笑什麼？

胡：笑你們男人。

彭：你這是什麼意思？

胡：什麼意思？……嘻嘻，你將來就會懂！回去換衣服！

彭：幹什麼？

胡：我們訂婚的許多東西要買呀！

彭：嗯！

（彭拉胡向住宅方向走去，胡故意吊胃口的拉拉扯扯而去）

沈：（O.S.）（遠處）秀鳳……秀鳳……

第十一場

景：胡家客廳

時：接上場

人：彭、胡、徐

（胡、彭推門入，胡一屁股坐在沙發上，拿起鏡子，得意的照照自己挺秀的鼻子再掛上項鍊）

胡：（自語，又像說給彭聽）翹起大拇指？哼！誰配？……還是我胡麗容翹大拇指！

彭：好了，你美！你簡直是仙女下凡！

胡：口是心非！

彭：小姐，我晚上還有加班，我是抽下吃飯的時間來……

胡：沒時間就拉倒！

彭：這……（誠懇）麗容，你什麼都好，就是你這個性格……若是你不改，恐怕……

胡：沒人要？

彭：這還在其次！

胡：其次的前面是什麼？

彭：那是由你自己愚蠢的行為造成的惡果，被人唾棄，被人蔑視！

（胡霍的立起）

胡：廢話，你走好了！

彭：麗容，你真的要……

胡：走！

徐：（O.S.）（遠處）快走，快走！

（胡立刻轉變方向，豎耳細聽）

徐：快走嘛！被她出來看到不得了……

（胡摔下手中鏡子跑出去，鏡子砸向彭頭上，彭一偏頭落在桌上，彭卻連晃了幾下，倒在沙發上，又氣又惱）

第十二場

景：大雜院

時：接上場

人：胡、彭、李、沈、徐

（徐自外進）

胡：喲，新娘子並沒有失蹤？這麼匆忙的到哪裡去，啊？

徐：你管不著！

胡：新娘子還有什麼祕密？

（胡故作關切）

胡：來，輕輕的告訴我好不好？

徐：請你放莊重點！

胡：喲，我有什麼不莊重？我偷偷的背了丈夫逃走？還是缺鼻子缺眼睛見不得人?!

徐：（怒起）你……?!

（李慌忙打圓場，拉著徐要走，胡伸手攔住）

李：哎哎，走吧走吧，回頭再說！

徐：站開，讓我過去！

胡：不能放你走！

徐：你說什麼？妨害我的自由？

胡：我是替你的先生抓他的太太！

（徐氣得說不出話來）

徐：你……

胡：看著幹嗎？……哦，我明白了，羨慕我這條項鍊？好，我就借給你……

徐：我不要！

胡：我替你戴上去！

（胡要替徐戴項鍊，徐堅辭，彭走近，欲制止胡）

彭：麗容！

（胡仍然不理，越加調侃的要替徐戴上）

徐：我不要嘛！我不要嘛！

胡：我偏要！我偏要！

沈：（O.S.）（由遠而近）秀鳳，秀鳳……

（胡與徐推拉中，胡一失手項鍊落地砸碎了）

胡：哎呀！

（胡大耍起賴來）

胡：好呀！我好心好意借給你掛，你倒狗咬呂洞賓，反把它摔在地下，你賠我，你賠我！

徐：不是我摔的，是你自己……自己掉下去的！

胡：（誣賴）明明是你從我手裡拉過去，再摔在地上的，我花了五萬多塊錢，從鎮裡那唯一的珍珠行買來的，他那裡只有這一條，你就是有錢再也買不到，我怎麼辦嗎？嗚……

（胡假哭作勢，徐愣住了）

李：哎呀，剛才好好的怎麼又出了這個禍事嗎！

（胡拉住徐叫）

胡：賠我，我要你賠我……

（沈奔近）

沈：秀鳳，秀鳳……我找得你好苦——咦，出了什麼事？

（徐指著地上破碎項鍊）

徐：榮與，怎麼辦嗎？

沈：讓我看看這條項鍊！

（沈從地上拾起幾片細看）

胡：賠我，你們賠我的項鍊！

沈：請問胡小姐，你剛才說的話是實在嗎？

胡：怎麼不實在？騙人的才不是人！我實在花了五萬塊錢買的，不相信你可以到鎮上那唯一的珠寶店去問問！

（沈冷笑起來）

沈：已經問過了，胡小姐！

胡：你問過了就好，你知道它的價錢多少？

（沈作手勢）

沈：七十塊錢！

（胡變色）

胡：你說什麼？

沈：那家珠寶店，像這樣的項鍊有兩條，一條值五萬塊錢，一條只值七十塊錢，胡小姐，
　　不幸的你只買到值七十塊錢的這條！

胡：放屁，你誣賴我，你有什麼證據？

沈：有兩個證據，第一，真品是打不碎的，第二請看這絨布盒子！

（沈從袋中拿出絨布盒子打開，赫然又是一條翠玉項鍊，光彩奪目，眾目光都懾住了）

眾：啊?!

胡：（暗吃一驚）呃？

徐：（多日的受氣暴發出來）騙子！原來你是一個女騙子！

胡：你是塌鼻子！

徐：（發現真相）原來你忌妒我！

胡：（被揭穿而大怒，跺腳）你胡說！

徐：我現在才明白！你心地多卑鄙?!

胡：你……

沈：我們回去吧！

（徐被沈扶回去，

留下胡和彭，

胡欲哭無淚）

彭：（安慰）算了吧！我們走吧！

胡：你為什麼不幫我？看我難看！

彭：我也弄明白了！

胡：你明白什麼？

彭：我明白愛美是天性，女人善妒也是天性，所以我看透了！就拿你的鼻子來說！

胡：什麼？你知道我美容過？

彭：你？美容過？哦，那更怪不得！

胡：你……並不曉得？

彭：是你自己不打自招的！本來我想說我喜歡你的鼻子。

胡：現在呢？

彭：現在……（笑）更喜歡！

（胡依偎彭懷中）

第十三場

景：沈家客廳

時：白天

人：徐、沈

沈：哦！原來是這樣，你為什麼不早說？

徐：那是我結婚以前去美容的！

沈：那你還有什麼好難過的呢？

徐：美容過後，起初我有些不自然，我就忘記了，經人一提，我又想起我從前塌鼻子，我懷疑是不是美容沒弄好！前天你以為我逃走，其實我想再去弄好看一點，結果都說我很好看。

沈：所以你又安心了？（感慨）女人呀！

徐：我想不透那女人為什麼這樣忌妒，說不定她鼻子裡也有鬼！

沈：哈哈……

徐：你笑什麼？

沈：我笑……你們兩個彼此彼此！

第十四場

景：大雜院

時：白天

人：胡、彭、李、徐、沈

（李拉著胡來到大雜院，李叫徐）

李：徐太太！

（徐與沈出，見面有些不好意思）

李：以後大家都是好鄰居，應該彼此尊重，彼此諒解，和和氣氣的相處！

（李拉徐和胡手相握，眾笑）

胡：我……我也對不起你！

徐：我也……（捂住鼻子笑）

（下面話被眾笑聲掩住）

眾：（會意、齊笑）嘻嘻……

——劇終——

例五十九　閩南語連續劇故事摘要

《雙連渡》

南部某地有雙連坡村，中小溪一分為二，東岸叫東雙連村，西岸叫西雙連村，村中有鍾阿伯者，三代擺渡營生，頗得人緣。村長邱長福，愛女秀珠為了婚事，這日一大早負氣出走，村長急尋不著，會上流大雨，河水暴漲，雙連村人急於築堤，不幸次女秀英被水沖走……（下略）

例六十　閩南語連續劇

《雙連渡》第一集故事分集大綱

㈠鍾阿伯一早擺渡，秀珠紅著雙眼過渡。

㈡邱長福發覺愛女出走，追尋。

㈢河水暴漲，村人大亂，村長顧不得尋女，領人築堤。

㈣秀英在工作中被大水沖走。

第二章 廣播劇編寫法

除了電視劇，廣播劇也是最受大眾歡迎的戲劇，臺灣廣播事業非常發達，南北數十家，每一家每一天差不多都有廣播劇的播出，劇本的消耗量也是非常驚人的。

比起電視來，廣播更不受空間的限制，坐在客廳裡可以收聽、躺在床上可以收聽、走在馬路上可以收聽，即使在工作中，也可以一面工作一面收聽；白天有節目，晚上也有通宵播音的，要聽廣播劇，可以說隨時隨地都能收聽到。

廣播劇的特性

比起別種戲劇來，廣播劇有以下兩大特色。

一、有聲無形

廣播劇憑藉聲音來表達，聽得見，卻看不見，所以它表達的方式，與別的戲劇大不相同。

由音響刺激聽眾的感官，而激發他的經驗，憑他的經驗，乃形成對劇情的印象。因此廣播劇的「舞臺」是建築在每個聽眾的腦海中，譬如說，槍聲響起，兩軍喊殺，聽眾就自然連想起以前的經驗，他在電影上看過的某一個戰爭場面，或是小說上看過的某些戰場情況，抑或聽人說過的一些戰爭事情，甚至他本人親身經歷的一場戰爭情形。再如流水潺潺，鳥語微風，情人細訴衷腸，聽眾就會將他自己的經驗，聽過的或看過的，揉合在一起，形成花前月下，愛人談心的旖旎風光。所以廣播劇雖然沒有舞臺，但比有形的舞臺更有效果，這是其他戲劇所不及的。

二、題材廣泛

廣播劇取材比任何戲劇都廣泛，不受時空的約束，由天空寫到海洋，由平原寫到峻嶺，作者在選材上非常自由。

廣播劇由聲音表達，它脫離了「形體」的束縛，其他戲劇做不到的，它可以做得到，例如狂風暴雨，海浪滔天；以現代「舞臺技巧」來說，固然不是太困難的事，像某些電影這種場面，也相當逼真，但仍有「束縛感」。若是在廣播劇中，就可以完完全全的用這種純大自然的音響來表達，使聽眾有「身臨其境」的感覺。又如萬軍衝殺，喊叫連天，這份雄渾磅礡的氣勢，廣播劇中容易表達的多。

但是廣播劇的長處就是它的短處，它就是「看不見」，有些事物是無法用聲響直接表達出來的，例如人物的表情，在其他戲劇中，觀眾可以一目瞭然的看見劇中人的表情，廣播劇中就沒有這種方便，它必須藉著別人的聲音（對白或效果）或他自己的聲音來表達。

廣播劇的種類

光啟社製作的《小小廣播劇》，只有五分鐘，非常有名，臺灣全省的聽眾有很多的人喜愛，麻雀雖小、五臟俱全，有內容、有主題，娛樂價值也非常高，全省各電臺差不多都有輪播。

光啟社還有一種十五分鐘的《康樂廣播劇》，三十分鐘的《幸福之音》，都在各電臺輪播，有廣大的聽眾。

中廣公司每週一劇的廣播劇，五十分鐘，每週日晚上八點聯播節目中播出，受廣大聽眾的歡迎。

民防電臺每天製作《新聞廣播劇》也很有名，劇長十分鐘，該臺有專門記者採訪製作，以新聞為題材，有新聞價值，有戲劇趣味，是新穎構想。

警察廣播電臺每天有十分鐘的廣播短劇播出，很受歡迎。

軍中電臺有十分鐘的《人情味短劇》，另外還有許多劇團製作的廣播連續劇，差不多每臺都有廣播劇的播出，有的自己製作，有的專門由廣播節目製作機構製作。

以時間來分，廣播劇有五分鐘、十分鐘、十五分鐘、三十分鐘、一個小時的不等，也有連續劇。

如何編寫廣播劇

廣播劇的題材雖然廣泛，但它的寫作卻比任何戲劇受束縛得多，因為廣播劇是由聲音來表達，作者可以利用的，僅僅是人物的對話，以及效果音樂，再不然就是劇中的旁白說明，如此而已。

廣播劇的性質是建立在聽眾的聽覺、經驗與想像之上，作者儘量利用聲響去刺激聽眾的聽覺，激發聽眾的經驗，由想像或直覺而完成他對劇情的印象。廣播劇真的沒有舞臺、布景、道具等等嗎？其實不是，這些同其他戲劇一樣，絕不可少，只是聽眾看不見而已，在廣播劇作家卻不能不先有一個鮮明而完整的印象，再來利用聲響傳達給聽眾。

如何利用聲響將這些傳達給聽眾呢？就是利用劇中人的對話和音效來表達，舉例分別說明如下：

例六十一　利用對話說明人物

老馬：老李，你來的正好，我正要找你。

老李：嘿！老馬是你，好久不見，一定有好事情要找我吧?!

由老馬的口中，聽眾知道對方叫老李，由老李口中知道對方叫老馬，在廣播劇中每一場，都要這樣把對方人物「點」出來，以免聽眾搞亂了人物，雖然演員的音色可以代表一個人物，但為了叫聽眾「不必花太多的腦筋」起見，在不傷害劇情或對話的爽利下，應該直接說出對方姓名。

例六十二　由對話說明場所

老朱：大哥，你看，這一片果園多美啊！黃橙橙的柑橘，就像一個個黃金，吊在枝頭上。

這句話就說明劇情在一片果園中進行，聽眾從他的口中對果園立即產生了一個印象，過去他經過某些果園，或者參觀過某些果園，透過他這些經驗，他可想像出劇情在什麼樣的果園中進行。

例六十三　利用對話說明劇中人的表情

妻：你進門就做那個死相，到底誰欠了你的?!

夫：我就見不得你那愁眉苦臉的樣子，好像你從來沒有吃飽過。

由妻口裡，聽眾可以「直覺」到夫那一張板著的臉，一定是毫無表情，由夫口中可以知道妻也是愁眉苦臉的表情。

例六十四　由對話說明劇中人物的動作

父：你不要去動那一張椅子，你的手發癢嗎，你不能找一點有意義的事情做做嗎？

子：爸，我有事告訴你，可是你一直在看那張報紙。

由父口中，我們可以知道子在無聊的搖動一張椅子，由子口中也可以知道父正在看報紙。

例六十五　由效果形容場地

（女高跟鞋走近聲）

（效果：鳥，流水潺潺聲）

女：（自語）多美的公園，多清新的空氣。

女高跟鞋也是效果，在廣播劇中的說法，叫做「現場效果」，是在錄音時現場做出來的，至於鳥聲、流水聲，是事先錄製下來的，再配合劇中人的說話，聽眾就在腦中形成了一個公園的景象。

例六十六　由效果描繪人物動作

美英：中奕，你要幹什麼？

中奕：我要砸掉這相框！

（效果：砸掉玻璃聲）

玻璃破碎聲，再配合人物的說話，表示劇中人物已做了某種動作，使劇情明朗，生動。

例六十七　由效果協助描繪人物個性

（萬籟俱寂，遠處有怪鳥嗥嗥）

老周：（恐懼）那是什麼聲音？黑黝黝的，是鬼是人？

老趙：老周，快牽著我，我全身發抖！

老周：快把手給我！

老趙：（嚕嗦）咦，那是什麼？好像有個黑影……

老周：快跑！

（兩人不整齊奔跑聲）

（怪鳥的鳴叫聲，緊迫的，斷續地）

怪鳥的叫聲，兩人不整齊的跑步聲，就襯托出兩個膽小鬼的個性，這是廣播劇中常用的表達方式。

例六十八　由效果描繪氣氛

太和：家惠，你可以回去了，我到了南部，馬上寫信給你。

家惠：太和，你自己保重！

（火車鳴叫聲）

太和：快下去，火車要開了。

（女步聲走開）

（火車起步聲）

家惠：再見，太和！

太和：再見，家惠！

（火車聲升起，慢慢遠去）

火車聲漸漸離去，代表送行人的心情，不但寫出了當時的情況，同時將離別的氣氛，也描繪的十分生動。

旁白的作用

廣播劇的旁白，幫助說明劇情、描繪人物、形容場地，在劇情無法自行表達的時候，可以用旁白；但萬不得已，不要多用，因為旁白用多了，破壞劇情的氣氛和完整性，能不用就不用最好。

音樂的作用

廣播劇的音樂作用很大，可以藉由音樂來換場，轉變氣氛，表達人物的情感等等，廣播劇少不了音樂，正像少不了效果一樣。

例六十九　由音樂協助換場，表達氣氛

甲：大家來跳！跳！

乙：跳呀！

眾：跳呀！跳呀！

（眾人舞步聲）

（熱門音樂升起）

（音樂：換場）

眾人的舞步聲，加上熱門音樂，這是個極熱鬧的氣氛，熱門音樂接著升起，掩蓋了眾人的舞步聲，顯示熱鬧氣氛的升高，再轉換別種音樂（廣播劇的導演與配音會在這方面替作者選擇適當的音樂，作者可不必指明），轉換氣氛而換場。

音樂表達氣氛還有兩種方法，一種是「淡入」：

例七十　音樂淡入襯底

男：夜，已深了，絲妮，你看，這世界好像只剩下我們兩個人。

女：別說話，讓我們靜靜的享受這一份寧靜。

（象徵心跳音樂淡入，沉落襯底）

男：（深情的）絲妮！

女：（喃喃）唔，——

男：你——

女：別說話，抱緊我！

這一對男女深夜相對的這種感情與心情，由於淡淡的跳動音樂襯底，而表達無遺，同樣的方法也可用於效果。

例七十一　效果淡入與沉落襯底

甲：動作快，時間只剩下一分鐘！

乙：你把風，我來！

甲：（急）快呀！外面有我，別怕！

乙：別叫，我馬上就好！

甲：電線先接好?!

乙：馬上就好！

（時鐘卡達聲淡入，沉落襯底）

甲：快，還有二十秒！

（時鐘聲升起）

乙：別講話，注意外面！

甲：十秒……九秒……八秒……

（時鐘聲升起）

由於時鐘的卡達聲襯底，將氣氛描繪得十分緊張。

現在來說明這些專用詞的意義：淡入就是將音樂或效果（有時也有劇中人物的對白）由低而高「加入」現場，沉落就是將高的音效（有時也有對白）降低，襯底就是將音效等降落或升高至某種適合劇情的程度，「陪襯著」劇情進行，以增加劇情的氣氛。

同樣的音效也可以「淡出」，所謂淡出就是將現場的音樂或效果（有時也有對白）不要馬上切斷，由漸淡漸低的「消失」掉，以維持氣氛，加強劇力。

請看下面的例子：

例七十二　音樂的淡出

（愉快音樂襯底）

男：明天，明天是一個天地都要開花的日子啊！

女：終於，我們經過了三年的苦熬，見到了光明！

男：從明天起我們就永遠的結合在一起了！

女：我不敢想，想起明天禮堂祝賀的人潮，我快樂得就要昏倒了！

（兩人愉快的笑聲）

（愉快音樂升起，淡出）

（音樂：換場）

例七十三　效果的淡出

（蛙鳴聲襯底）

男：你聽這夏夜的交響樂！多美……

女：我好像坐在大音樂廳欣賞貝多芬的名曲！

男：這使我想起我們認識的那年秋天……

女：也是這麼一個多星的夜晚，命運之神是保佑我的，他叫我得到了你。

男：他也叫我得到了你。

女：仲光，你愛我嗎！

男：我當然是真的愛你，我敢發誓……？

女：不許說！我……我的生命是你，你也是我的生命！仲光，我好感動啊……

男：（感動的）君琦……

（兩人擁抱的喘息聲）

（蛙鳴聲稍微升起，淡出）

廣播劇的投稿

目前五分鐘的廣播劇，稿費五百元左右，十分鐘的一千元左右，十五分鐘的二千元左右，三十分鐘的三千元左右，五十分鐘或一個小時的四千元左右。

光啟社長期徵求五分鐘、十五分鐘、三十分鐘的廣播劇，中廣公司長期需求一個小時的廣播劇，省府新聞處長期需要省政建設的省政廣播劇，其他各電臺都需求各類型的廣播劇，廣播劇的市場可謂既大且量多。

廣播劇舉例

下面是一個十分鐘及一個半小時的廣播劇例子：

例七十四

《野餐》（十分鐘廣播劇）　呂燕珠編劇

人物：

郭玉玲，二五歲，小學教師

吳小民，十一歲，男學生

宋小真，十　歲，女學生

吳以文，四十歲，小民父

李瑞雪，三五歲，小民母

（音樂）

（洗菜聲）

民：（邊跑邊喊）媽，媽！

母：什麼事啊？小民，你下課啦。

民：（喘息地）媽，老師明天要帶我們全班到陽明山去玩，還要野餐呢！

母：看你這孩子，這也值得大驚小怪的，跑的上氣不接下氣，急什麼來著！

民：媽，我們老師說自己帶野餐去，我還要買泡泡糖，甘蔗，還有……

母：好，好，別吵了，媽正忙著呢，等爸爸回來了叫他帶你去買吧，（頓）瞧你跑得衣服都被汗濕透了，快去換一件吧！

（門鈴聲）

民：一定是爸爸回來了，我去開門！

（腳步聲，開門聲）

民：（遠遠地）爸爸你回來了；我替你拿拖鞋去！

父：哦，小民真乖，你媽呢？

民：媽在廚房裡忙著呢。

母：（由遠而近）以文，今天這麼早就回來了，飯還沒好呢，咦！這大包小包的是什麼東西？

父：前幾天我們不是說好的要去陽明山郊遊嗎？明天禮拜天正好出去散散心，這些都是要帶去野餐的。

民：哦，真巧，爸爸，明天我們老師也要帶我們去陽明山旅行呢，那你們跟我們一起去好不好？

父：好啊！我們就跟著你們屁股後頭走。

民：哇，我好高興喲！

（音樂）

（鳥聲、汽車駛近聲、剎車聲）

（車門開啟聲，眾童嘻笑聲）

郭：小朋友，現在我們就在這裡解散，大家只准在這附近玩，不許跑得太遠，等下我吹哨子，你們要快點來這裡集合，知道嗎？

（眾童聲：「知道了。」）

郭：好，你們去玩吧！

（眾童嘻哈聲）

民：呀，這裡的風景好好喲！池塘裡有魚，還有假山……

真：小民，你看那邊的花好漂亮喲！我們偷偷的摘一朵好不好？

民：不行，你看那邊的木牌上不是說不要隨便攀折花木嗎？小真，我們還是來玩貓捉老鼠吧！

真：好，可是誰要做貓呢？

民：我比你大，讓我做貓，來，現在開始吧！

（二人嘻笑聲）

（音樂）

（吹哨子聲）

民：老師在叫我們了，我們快去集合吧！

（眾童跑步聲）

郭：小朋友，現在我們開始吃野餐了，大家要注意，飯後不要把破紙、飯盒、果皮丟在地上，要記得把它丟到垃圾桶裡。

民：老師，可是垃圾桶已經丟滿了，我們要放到哪兒去呢？

郭：哦，那你們吃完了以後，把木盒、廢紙、果皮……等都集中的放到那裡吧！

真：老師，這又是幹什麼呢？

郭：等下我們把它收拾好，一起帶回去丟掉啊！

民：老師，這樣不是很麻煩？

郭：雖然麻煩一點，但是我們每個國民都必須這麼做，你們想想，如果每個到這裡來野餐的人，都把紙屑果皮亂丟，那這裡不是成了一個垃圾山了嗎？弄得又髒又臭，以後誰還敢到這裡來玩呢？

民：可是有些人還不是照樣亂丟嗎？

郭：這就是他們不遵守公共道德，不注意公共衛生啊！你們是國家未來的主人翁，你們應該做好榜樣，自己不但不要亂丟果皮和骨頭魚刺，同時看到別人亂丟也應該勸阻才對。

（眾童聲：「知道了。」）

郭：好，現在開始野餐，記住！不要把果皮紙屑亂丟！

（眾童嘻哈聲）

（音樂）

民：小真，我們把這張報紙拿來包果皮紙屑好不好？

真：好啊！（指）小民，你看那邊一個大男生和一個老女生把紙屑果皮丟了滿地，哼，他們大人真不害臊，比我們還不懂事，好羞哦。

民：在哪裡？（驚）啊……小真，我們不要管他們……我們……

（吹哨子聲）

真：啊，老師在叫我們了。

民：我，我要上廁所，你先去吧！告訴老師我等等就來。（腳步聲遠去）

（音樂）

民：（不高興的）爸爸，你們不好……

母：什麼事啊，小民怎麼一下子又不高興了，來，媽留了一個橘子給你吃。

民：我不要吃，你們怎麼把果皮紙屑丟了一地，真是羞死人了。

母：啊……

民：你看我們那麼多人都沒有像你們這樣呢，吃完了以後，地上全是垃圾，我們老師告訴我們說，每個國民都要維護公共環境衛生，在野餐的時候一定不要把果皮、紙屑、飯屑亂丟，你們大人真是不懂事，比我們小孩子還不聽話，我們好多同學都在罵你們呢！

父：真是難為情，瑞雪啊，你看他們那一大堆孩子玩的地方，一點垃圾都沒有，我們兩個大人卻丟了這麼多垃圾，哎，真是不好意思！

母：是啊！真是慚愧，喂，以文，你還站著幹什麼？快，一起把它收拾乾淨啊！

父：好像前幾天，我在報上看到一則有關生活與人格教育的指示，但看的不太詳細，小民這麼一說，我倒記起來了，我們現在就回家吧，我要仔細的把　總統的指示好好的看一看，好遵照他老人家的話去做！

母：光看有什麼用，問題是要照著去做，喏，現在就是實踐的好機會，來，動手吧！

（音樂）

——完——

例七十五

《五福臨門》（半小時廣播劇）

人物：

劉阿火：三輪車伕，五十多歲

林美雲：劉妻，四十多歲

承　志：劉家長子，二十四歲

陳中豪：里長

（音樂：開場）

（音樂：升起）

（爆竹聲）

（一片恭喜人聲）

劉：陳先生，陳里長，恭喜你了，恭喜你了！

陳：劉阿火，哎，你還買些東西幹什麼？

劉：這是點小意思，不成敬意，您別見笑！

陳：哎，這何必呢，你賺的辛苦錢，家裡人口又多，你這是……

劉：里長，我雖是個三輪車伕，但不是個不懂道理的人，平常您為我們里民辦了不少好事，照顧我們這些窮人，再怎麼，我也不能不表示一點意思呀！何況今天是您大少爺添孫，二少爺新婚，這是雙喜臨門呀！

（鑼聲）

（報幕：五福臨門）

（音樂：升起）

（報幕：五福臨門，方寸編劇……）

（音樂：主題）

（嬰兒的啼哭聲）

林：寶寶乖，啊……別哭，你爸爸就回來了，回來買糖給寶寶吃，乖……啊……（哄孩子）

（門外三輪車的煞車聲）

林：你爸爸回來了，寶寶有糖吃了……

（門聲）

（沉重步聲）

林：阿火，你今天回來得特別早呀！

劉：（氣憤的）哼！

林：哎，你怎麼啦，又跟誰打架了？

劉：你們女人只曉得男人打架，告訴你，這次連架也不給你打了！

林：到底出了什麼事嗎？

劉：真他媽的氣死人，他們竟不讓我踏三輪車了！

林：誰不讓你踏三輪車？

劉：市政府！

林：什麼道理？你的三輪車有牌有照，為什麼不讓你踏！

劉：我說你們女人就只曉得燒飯抱孩子，世界大事什麼都不管，現在正興時髦，他媽的計程車吃香，要淘汰我們三輪車哩！

林：哪有這個道理，開四輪的是人，踏三輪的也是人！

劉：你根本就不懂這個道理，現在時代進步，三輪車已經是落伍的交通工具了，其實也應該換成計程車了！

林：既然這樣，那你叫什麼嘛！

劉：我氣不過呀！那輛三輪車是我千方百計弄來的，這幾年來！一家大小全靠它呀！（忽然傷感起來）這下要我馬上摔掉它，我哪能狠得下這個心！

林：他們不讓你踏三輪，總得有個事給你做呀！

劉：他們叫我開計程車！

林：那好呀！聽說開計程車比踏三輪賺錢！

劉：（沒好氣的）賺錢！賺錢！你們女人就只要賺錢，你知不知道，你這幾年吃的穿的，哪一樣不是靠那輛三輪車來的！

林：你看你這個人，人家給你說好話，你也這麼兇巴巴的！

（步聲）

陳：啊！你們倆夫妻又在吵什麼？

劉：噢！是陳里長，請坐！請坐……，我們是在閒聊！

林：里長，聽說你上次娶媳婦，又美麗又賢慧，添的孩子又白又胖——

陳：好說好說，承你們大夥兒捧場，多謝多謝！

劉：里長，你別聽她們女人講話，不是真的！難道是假的？我們陳里長做過什麼假的事情？

陳：劉阿火，這一次我卻做了一件假的事情。

劉：什麼假的事情？

陳：你知道不知道，你們這一帶是違章建築，上面幾次都要拆你們的房子，是我把你們的一分苦，說成十分苦，才拖到現在，可是現在再也拖不下去了！

林：怎麼拖不下去了？是不是還要拆？

劉：婦道人家，不懂就別多嘴！

陳：劉大嫂說得不錯，這次是非拆不可哩！

劉：什麼，真要拆？陳里長，你再幫幫忙嗎！

陳：這是政府的政策，我幫忙也沒有用！

林：不許我當家的踏車子，現在又要拆我們的房子，我們真不要活下去了！

陳：這個你們暫時別急，相信政府自有一個整套的辦法，現在實施的民生主義社會福利政策，就是為窮人謀福利的，說不定你們因禍得福哩！

（音樂轉場）

林：得福，得福！

劉：孩子長大了，就不要再叫他的小名！

林：我老改不了口，得……承志，承志！

志：（遠處）媽，我在替爸爸擦車子！

劉：別擦了，你過來，我們有話問你！

志：是！（一面走近）爸爸，媽，什麼事情？

劉：你坐下來，爸爸有事情問你，你一定要照實回答我！

志：爸爸，你說嘛！

劉：最近這兩個月來，老是深夜不歸，到底搞些什麼名堂？

志：我在補習會計，有個朋友給我介紹工作。

劉：我知道你補習，就是補習，也不會補到十二點也不歸屋呀！

志：這……

林：承志，你是不是有了女朋友？

志：媽，我……我是……

劉：說，男子漢有了女朋友是件好事，幹嗎吞吞吐吐的！

志：（羞澀的）就是我菜攤斜對面，那個賣香菸的阿蘭！

劉：阿蘭，是不是那圓圓臉，甜甜的，喜歡穿長管褲的女孩子！

林：就是她嘛！前幾次得福不常帶她來家裡玩嗎？

劉：又是得福！

林：得福也不是壞名字，我喜歡這個名字，得福得福，全家得福……哎，得福，你跟阿蘭只是做朋友，沒做過別的事情吧！

志：（有點急的）沒……沒有，我們純粹是……是朋友！

劉：嗯！那女孩倒長得蠻討人喜歡，可是她那個母親是個貪財的婦人，我看你們也只有做做朋友罷了！

志：不，爸爸……我要娶她！

劉：你跟她家裡談過了？

志：她媽媽開口十萬塊錢聘金！

林：十萬塊錢？我的天哪，像我們這個家，賺一頓吃一頓，到哪裡去找十萬塊錢！

劉：是不是，我說得不錯吧！

志：可是阿蘭說，她非要嫁給我不可！

劉：（笑）嘿嘿……年輕人，都喜歡作夢，算了吧，你還是好好的做你的菜生意，有了錢，還怕沒有女人！

志：爸爸，阿蘭對我是真心的，只是她媽媽說，把女兒嫁給我，怕連房子都沒得住！

林：（感觸的）唉！可不是，現在這棟克難房子也住不成了……

（門外嘈雜人聲突起）

劉：什麼事，這麼多人亂哄哄的！

志：對了！爸爸，他們一定是來拆房子的！

劉：拆房子，豈有此理，老子活一天，就得住一天房子……

（人聲越發亂嘈嘈）

志：真他媽的混蛋，爸爸，我去揍他！

林：得福，別亂來……哎呀，你這老不死的，快叫住你的兒子！

劉：承志，承志……

（人聲略抑）

陳：大家別吵，大家別吵，聽我說……

劉：陳里長來了，我們先聽他的！

志：里長，他們是不是拆我們的房子？

陳：你們全都誤會了，他們是來測量地形的，不是來拆大家的房子的！

（人聲漸寂）

陳：我現在告訴你們，你們的房子一定要拆！

志：不行，拆我們的房子死也不行！

（人聲又起）

陳：你們先聽我說，不用吵……（人聲又寂）政府為整頓市容，你們這些違章建築不得不拆，同時大家住的房子太簡陋，太擁擠，已不合乎時代的水準，政府為提高大家的生活，已經替你們蓋洋樓房子，等房子一蓋好，你們馬上就可以搬進去住！

劉：陳里長，新房子要不要錢？

陳：新房子完全是按照現代水準興建的，由政府貸款，你們以最低的價錢分期償還，你們只要先付幾千塊錢，就可以住新洋房子！

志：真的？

（眾詫問聲）

陳：當然是真的，絕對是真的。我陳里長什麼時候騙過你們！（拍胸脯）如果是假的，你們來找我里長好了。

（眾歡騰聲）

劉：孩子的媽，看樣子這回我們可真的是有新房子住了！

林：啊！我怕……怕靠不住！

劉：陳里長從來就沒有騙過我們，我們只管相信他好了！

林：若是真的，那可要謝天謝地，那可要……可要叫人歡喜得……嘻……嘻……（突然）

哎喲，我的胸口好疼！

劉：怎麼哩，你……

林：我的老毛病發……發了！

劉：承志快來扶著你媽！

（音樂換場）

（倒開水聲）

志：媽！開水！你先吃藥！

林：你哪裡弄的錢去買藥！

志：陳里長借給我們的！

林：又是向陳里長借錢，我看你們父子倆拿什麼來還人家啊？

志：媽，只要你病好，我們苦一點，總會還清的！

（時鐘十二響）

林：十二點了，你爸爸還不回來！

志：爸爸大概要多賺一點錢，拉晚車。

林：他那個身體也不好，這麼不分日夜的……

（門外三輪車煞車聲）

志：爸爸回來了。

（門聲，步聲）

志：爸爸！你這麼晚？

劉：你媽好些嗎？

林：孩子的爹，你以後不要太晚，自己身體要緊！

劉：以後要晚也晚不起來了，從明天起，我就要轉業去開計程車了哩！

林：你這把年紀了，眼睛又花，怎麼能夠去開那四個輪子的東西！

劉：先開開看，不行再想辦法——哎，承志，今天你陪媽去醫院檢查過沒有？

志：有，醫師說媽有什麼狹……狹心病！要住院開刀才能斷根。

劉：要開刀？那要多少錢？

林：光是手續費就要兩萬！

志：還有藥費，輸血費……

劉：這筆錢從哪兒來？

林：（傷心，泣聲）算了，我的病是好不了的了，你父子早點打別的算盤吧！

志：（難過的）媽！

林：孩子，你要好好聽你爸爸的話……

劉：好了好了，我沒有錢醫你的病，但我絕不能讓你……我去找陳里長，他一定有辦法！

（音樂：過場）

陳：有辦法，絕對有辦法！

劉：陳里長，我們已經得了你很多好處了，怎麼好意思又來麻煩你！

陳：這不是我給你的好處，這是政府給你的好處！

劉：噢？難道還可以免費住院開刀嗎？

陳：可以！政府現在推行的民生主義社會福利政策，就是徹底消滅貧窮，積極扶助低收入國民的政策，劉大嫂得的這個病，你自己沒有力量醫好，政府可以出錢醫好她！

劉：你是說，政府拿錢替她醫病？

陳：是的，現在推行社會福利政策，貧民就醫就是最主要的一項，其他的還有很多，例如輔導就業、改善環境衛生、社會救助、國民住宅、社會保險、社區發展等各項。

劉：可是政府哪來這一筆錢？

陳：這是由於實施都市平均地權所增收的地價稅收入作為基金的，這也是遵照　總統的指示，和三民主義民生主義的福利政策，所實行的大好德政呀！

劉：總統這麼關懷我們窮人，真是仁慈又叫人感動！

陳：你學了這些天開車子，開得好嗎？

劉：現在還不知道，不過……我恐怕不行，眼睛花了，手腳也不靈光，萬一開不好出了事，自己倒不要緊，若是撞了人家……

陳：先學學看，不行，我再替你想辦法，輔導別的職業。

劉：能嗎？

陳：我剛才不是說了，輔導就業也是社會福利政策的一種……哦，我想起來了，你幾時請我喝喜酒？

劉：喝喜酒？我哪兒來的喜酒請人喝？

陳：哎，你承志娶媳婦呀！

劉：噢！他呀，那還早得很哩！

陳：不早了，他今年也有二十三四了吧，聽說又有個好對象！

劉：你是指阿蘭吧？不行的，她媽媽要十萬聘金！

陳：我聽說她媽又改了口風，只要五萬，不過另外加了個條件！

劉：什麼條件？

陳：她媽說，若是你們自己有棟房子，她少一半聘金也沒關係，不然她的女兒嫁了人，連房子也沒得住，才受罪哩！

劉：這還不是一句空話，像我們這種人家，除非中愛國獎券，要想蓋一棟新房，恐怕日頭會打西邊出來！

陳：這也說不定，也許有一天，太陽沒打西邊出來，你就有了一棟新房子！

劉：陳里長，你也拿我開心了！

陳：（笑）好！你等著瞧吧！

劉：陳里長，你還是先幫幫忙，把承志的媽先送到醫院裡去！

陳：我已經替她申請貧民住院手續了，明天就有結果！

（音樂轉場）

（焦急徘徊腳步聲）

志：爸爸怎麼還不來？爸爸怎麼還不來呀！

陳：別急，他來不來反正都一樣！

志：媽要開刀，他不來，萬一……

陳：萬一什麼？現在這開刀的大夫，是國際有名的心臟外科專家，包你出不了事！

志：可是……我怕，又不讓我進去看看媽！

陳：有我在這裡，別怕，你爸爸新開車子，也許正兜著一個長程旅客，回不來醫院哩！

志：陳里長……陳伯父，我媽真不會有問題吧？

陳：傻孩子，我剛才不是跟你說了嗎，你若擔心你媽媽有問題，還不如先擔心我們坐在這走廊的牆下，會突然塌下來還來得可能！

志：我只是擔心……媽是貧民住院，完全是政府負擔費用的，醫生會不會馬虎……

陳：（笑起來）這個……你真是個小孩子想法，這只是少數人的誤解，其實呀，醫務人員只知如何去治病，根本就不在乎錢的問題，哪個病人是公費，他們壓根兒就不過問哩！……

（步聲）

志：（突然）爸爸！爸爸來了！

劉：噢，你媽……

志：爸爸，你的手臂怎麼綑著紗布？

陳：阿火，你是不是受傷了？

劉：陳里長，我失業了！

陳：怎麼回事？

劉：我由三輪轉到四輪上去，哪曉得我終於不行，眼花，耳朵也不靈光，剛開了幾天，就出了事，好在只受了一點輕傷！

陳：轉業也好，年紀大了，還是找點比較安定的工作！

劉：可是像我這樣，無一技之長，文提不動筆，武不能挑擔，能做什麼？

陳：這個你可放心，現在政府推行的社會福利政策，職業介紹是最主要的一項，你可以參加手工藝訓練班，學點技術，然後再介紹你工作。

劉：那一切就都拜託里長了……哎，承志他媽哩？

陳：現在正在手術房開刀！

劉：開刀了嗎？在哪裡，我進去看看！

志：爸爸，那是不許進去的！

劉：為什麼？

陳：阿火，你先坐下，也許馬上就好了！

劉：我太太開刀，我為什麼不能進去看看，這……這成什麼道理，不行，我非進去不可！

陳：阿火，不要亂來，這是規矩！

劉：不！我不能連太太開刀也不去看看她呀，真他媽的什麼臭規矩，……別拖著我，我把門打開他的！

（遠處門聲）

（人聲中車輪聲）

志：媽推出來了！

劉：（奔去）孩子的媽……謝天謝地！

（音樂換場）

（兩人步聲）

陳：阿火，這就是國民就業輔導中心主辦的職業訓練班，你的一切手續，我都替你辦好了，你現在進去吧！

劉：陳里長，你對我太好了，我怎麼謝你哩！

陳：這是我應該替你服務的，快進去吧！

劉：好，那麼……你經過菜市場的話，就告訴承志一聲，叫他今天生意早點收了，去醫院照顧他母親！

陳：這個你放心，我現在就去醫院看看劉大嫂！

劉：真麻煩你了，再見！（離去）

陳：再見……喂TEXI……TEXI……計程車都載著人，我走路去！

（步聲）

志：陳伯伯！

陳：承志！你跑到這兒來幹什麼，你不是在菜場賣菜嗎？

志：我已經半個月不賣了！

陳：什麼，你不賣了？

志：是的，那攤位是租人家的，現在人家收回去了。陳伯伯，請你不要對我爸爸媽媽講，我怕他們傷心，我一直瞞著他們的！

陳：哎，那你怎麼不早說，我也好替你想辦法！
志：我不好意思再麻煩你，你幫我們的忙太多了！
陳：這是什麼話，那麼你一早來這裡幹什麼？
志：我是……我是……
陳：說呀！有什麼事吞吞吐吐的！
志：我……我是來找阿蘭的！
陳：你們約好在這郊外見面？
志：是她約我的！
陳：她人呢？
志：她看見你來跑掉了！
陳：真是個傻丫頭！哎！你們的事究竟成不成？
志：她媽媽也有點意思，只是她說，我家沒有房子，嫁給我怕連房子也沒得住的……
陳：她真是這個條件就好辦，再等一個月，你們的新房子就蓋成了！
志：陳伯伯，你不是說笑話吧？我們哪有錢來蓋房子！
陳：這是政府拿錢替你們蓋的，上個月我給你們辦手續！你不是也在場嗎！

志：是呀，可是我媽我爸，不大相信這是事實呢！

陳：等事實來了，你就會相信了，哦！你看過你媽嗎？

志：她可以坐起來了，陳伯伯，醫院連伙食費也不要我們的呢！

陳：我說是嘛，這是社會福利政策的貧民施醫項目下的專款替你們付了！

志：大夫說，再等半個月，媽就可以出院，媽病好，爸爸若再找到新的工作，我菜場的攤位能租得到……

陳：還有，你們有新的房子！

志：那……那我們的生活就太好過了！

陳：你的菜場攤位，明天我可以去接洽一家，有一家要出頂。

志：陳伯伯，你真好！

陳：走，我們再看你媽去！

（音樂換場）

劉：承志……哼，這孩子，菜擔子往屋裡一丟，就不見人了！真是越來越不像話了！

（門外步聲，敲門聲）

劉：誰來了？

（走去查看）

劉：信？這是通知，大業公司……咦！什麼大業公司，我不認識，是不是寄錯了，信封上是寫我的名字，我拆開看看！

（拆信聲）

劉：（唸）茲經國民就業輔導中心介紹，本公司已錄取臺端為塑膠技術員……這麼快呀！我剛剛學會，就給我介紹職業，這，這一定是陳里長幫的忙……

陳：（走近街口）不是我幫的忙，是政府在幫你的忙！

劉：陳里長，你到哪裡去？

陳：特來向你報告好消息！

劉：什麼好消息？

陳：你手中拿的通知，就是好消息中的一個！

劉：真的！這實在太好了，今後我可以吃一碗安定飯了，以前踏三輪，不管風不管雨，沒有早沒有晚的，現在可真……（喜得接不上氣）真……真好！

陳：好的事還有哩！

劉：你快說嘛，還有什麼好事！

（遠處突然人聲哄起）

劉：那邊一大堆人在吵什麼？

陳：拆房子。

劉：我去揍他們……

陳：阿火，這些違章的破爛房子都要拆，就讓他們拆好了！

劉：陳里長，你倒說得好，拆掉了難道叫我們睡在露天？

陳：叫你們去睡五層的新洋樓房子！

劉：洋樓房子，這不是作夢嗎？

陳：不是夢，你看這是什麼？

（紙張聲）

劉：通知單……什麼，我真的分配到一棟新洋房子？

陳：上次你填的申請表，交的第一期房錢，現在你就有一棟屬於自己的新房子了！

劉：天哩，我不是在作夢嗎？

陳：這是事實已握在你手中了！

劉：哈哈！哈哈……我，我有房子了，嘻……

（煞車聲）

（車門及步聲）

陳：劉大嫂回來了！劉大嫂出院了！

林：陳里長！孩子的爹，你傻笑什麼！

劉：哈……（這才看清楚）你……孩子的媽，你，你出院了？

林：醫院裡病人來得多，大夫說我已經好了，所以提前幾天出院，好讓出床來給新來的病人！

劉：那你！你真的好了！

林：瞧你，怎麼痴痴呆呆的，親眼看見還是假的，我以前有這麼白胖紅潤嗎？

劉：這……是，是……啊，我的好老婆！（抱住她）

林：哎呀，你瘋了，快放手，大門口上摟摟抱抱的成什麼樣子，老夫老妻了……

（步聲奔近）

志：媽……爸爸！媽……阿蘭的媽……她媽……

劉：她媽怎麼呀？二十多歲的人了，還像小孩子一樣，結結巴巴的！

志：她媽！她媽答應我了。

林：答應阿蘭嫁你是吧？

志：是……她媽聽陳伯伯說，我們可以分配到一棟新房子，爸爸又有了新職業，我也正式在做生意了，她，她就答應阿蘭，不再要我們的聘金……

林：真的，我的兒……（喜極而泣）

劉：哈哈，我老劉做夢也想不到，會時來運轉有了今天，這不是四喜臨門嗎！（四處有爆竹聲）

陳：不，這是五喜臨門！

劉：五喜臨門？

陳：第一，你們有了新房子，第二，承志要娶媳婦，第三，劉大嫂康復，第四，阿火又有了新工作！

劉：這只有四喜呀！

陳：你聽，這是爆竹聲，今天是什麼日子？

劉：今天？……今天是……哦，對了，今天是　總統八十生日！

陳：八十華誕，我們能有今天安居樂業，自由繁榮的生活，全靠　總統所賜，你們能由窮苦潦倒的境況，進入幸福安定的生活，你們這四喜完全是　總統指示推行社會福利政策德政所賜予的！

劉林：（感激涕零）是，是的！他老人家是我們的再……再造父母，我們真是子子孫孫永遠要感激他老人家！

陳：今天慶祝他老人家八十華誕，對每一個真正的中國人都是一件天大的喜事，所以這是五喜臨門！

眾：五喜臨門！五喜臨門！

（眾歡慶聲升起）

（爆竹聲大作）

（音樂）

——劇終——

第三章　舞臺劇編寫法

舞臺劇俗稱「話劇」，有其悠久的歷史，可以說人類最開始的戲劇型態，就是舞臺劇。戲劇發展到今天，有各種不同型態的戲劇，可以說都是從舞臺劇蛻變而來，有的基本上還脫離不了舞臺劇的型態，例如電視劇便是其中最顯著的一種。

舞臺劇受觀眾歡迎的程度，至今仍少有改變，問題是缺少好的劇本和各項上演的條件，使觀眾將興趣轉移到其他型態的戲劇。歷代諸如莎士比亞、易卜生、蕭伯納等偉大名家的作品，差不多都是舞臺劇，不過時代演變到今天，內容與形式上都與當年的舞臺劇改變了很多。

五四運動以後，舞臺劇在國內有過蓬勃的發展，尤其在對日抗戰的時期，各地的話劇發展到了高峰。我國現代戲劇運動差不多就在這個時候底定了。抗日戰爭勝利後，由於戰亂的破壞，話劇運動有式微之勢。政府遷臺，話劇又逐漸的興起，惜乎廣播與電視事業的興起，將戲劇帶進了每個家庭，觀眾不必進劇院，就可以舒舒服服的坐在客廳裡欣賞「話劇」，而將觀眾的興趣轉移了。那麼舞臺劇在廣播電視與電影的夾縫中有生存的餘地嗎？舞臺劇有它獨特的風格和優點，如果在劇本與上演的各項條件上力求精進的話，舞臺劇仍然有相當的號召力和影響力。

舞臺劇的種類

舞臺劇有獨幕劇與多幕劇兩種，所謂獨幕劇只有一幕、一景，多幕劇有三幕、四幕不等，景也在一景以上。

抗戰時間還流行一種街頭劇，隨時可在路邊演出，道具簡單，談不上景，劇情也單純，這是屬於獨幕劇的範圍，當時相當受人歡迎。

還有一種「啞劇」，也是舞臺劇的一種形式，只有動作，沒有對話。

舞臺劇另外還有「歌舞劇」，一種既歌且舞，也夾雜幾句演員的對白，有的連對白也「唱」出來。

以上是將舞臺劇局限於「話劇」一項來分類，如果將舞臺劇的範圍擴大，平劇、地方戲、布袋戲等，無不可以稱為舞臺劇了。

舞臺劇的特性

舞臺劇是與電視劇、廣播劇、電影等有不同的地方的，例如：

一、舞臺劇是觀眾與演員、舞臺面對面互相看得見的

電視、廣播、電影等戲劇，在現場沒有觀眾，觀眾的欣賞可以說是間接的，缺乏真實性。舞臺劇則不然，面對著觀眾，演員的一舉一動，布景的一草一木都「直接」在觀眾的視線以內，觀眾有「臨場感」，顯得真實，因此受「共鳴」的程度比別種戲劇高。

二、舞臺劇受「舞臺」的限制

舞臺的「面」有限，它所能表達戲劇的環境也是有限的，劇情要在這些「點」中去發展，比起其他戲劇來，舞臺劇要受束縛得多。由於空間的受限制，相對的時間也受了限制，劇情不能在「長時間性」內表達，例如舞臺劇最多也只能演兩個小時，在這兩個小時內，劇情的時間性也不能太長，因為演員的化妝、布景的調換、觀眾的接受等問題，均不允許由一個人的童年演到晚年，只能選擇其中最精彩的一段來表達。

三、演員的上下場問題

粗看起來，這似乎是不成問題的問題，因為劇中人自有其來龍去脈，用不著去安排，但是在舞臺上就要煞費心機了，因為舞臺是有限制的，布景與道具是呆板的，但劇情是變化的，人物是活動的，情節是複雜的，雙方面的配合就需要高度的技巧，這不像電影、電視有轉接的時間和空間，人物與情節彼此要銜接得妥切，既不能冷場，更不能矛盾，而且要交代清楚，同時也不能有絲毫勉強感覺，否則這個舞臺劇就註定了失敗的命運。

如何編寫舞臺劇

根據以上舞臺劇的特性來編寫，大致上不會發生錯誤，這裡再分別加以說明。

首先要注意三一律，就是說時間、地點、動作三方面的一致，在舞臺劇來說，這一點要求得特別高，因為舞臺的空間與時間極為有限，缺乏伸張性，如果彼此稍有抵觸，就會失去貫連，而令觀眾有不知所云的感覺。

其次要注意場景的變化，兩個小時的舞臺劇，景大概在三至五景之間，景若是太多，觀眾反而會反應不過來。

場數與幕數也不能太零亂，這點留在下一節中說明。

幕與場景

舞臺劇中的「幕」，猶如文章中的「段落」，大段中有「小段」，就是「場」。一齣戲中分幾個段來表達，就是分成幾個「幕」，一「幕」中有幾個小段，就是「場」，例如「第一幕」、「第二幕」、「第一幕第一場」、「第二幕第一場」等等。

通常是一幕只用一景，三幕劇用三個景，四幕劇用四個景。一幕中可有幾個場，如第一場、第二場，一般性一幕中不能場數太多，最好不要超過兩場，有時兩幕可用一個景，有時一幕有兩個景，但這是少見的，最好避免。

兩個小時的舞臺劇，一般都用三至五幕，場數也不能超過七場，例如「五幕六場」、「四幕五場」、「三幕五場」等等。

獨幕劇則是自始至終只有一幕，當然只有一個景，有時獨幕劇中分成兩場。時間上獨幕劇不能超過一個小時，最好半小時為最適宜。因為獨幕劇場景缺少變化，觀眾的耐性不能持久，其劇情當然也不能複雜。

獨幕劇的編寫法

獨幕劇因為時間短，場景單調，所以要注意：

㈠劇情不能太過複雜，以單一事件（衝突）為主。

㈡主題單一，要鮮明突出。

㈢人物要簡潔，不能過多，五人左右為最適宜。

這三點並不表示獨幕劇就不需要變化、曲折，可以平鋪直敘，這是錯誤的，麻雀雖小，但五臟的功能與大猩猩的五臟還是沒有差別，仍然有其精密的組織和微妙的功用，獨幕劇可作如是觀。

下面是一個獨幕劇的舉例：

例七十六 獨幕劇舉例

《養母與母親》（獨幕臺語劇） 原著：呂訴上

人物：

阿好官，五十歲，老婊頭（即是鴇母）。

麗雲，十八歲，阿好官的養女，私娼。

阿英，二十歲，阿好官的養女，私娼。

淑貞，十七歲，阿好官的養女，原為富家女。

阿月，三十歲，私娼兼做鴇母。

阿婆，四五歲，老實人，為阿英的孩子的奶媽。

錦綢，二五歲，在酒家唱詞的藝妲。

陳先生，四十歲，嫖客。

黃先生，三十歲，嫖客。

警察

時：民國四十三年〇月〇日上午。

地：臺北市之一角落。

景：私娼窟之正廳、有神棹聯、中央一圓棹、椅子，右方有長方棹，棹上有鐘、熱水瓶、收音機等。

（開幕：麗雲手裡捏著鈔票，送嫖客陳先生出來）

麗雲：什麼時候要擱來？

陳　：擱二、三日，從下港回家後，我著會來。

麗雲：一定的，不可給我等到強勿死去噢！

陳　：定著的囉！（陳向外邊下）

（老娼頭阿好官由裡面出）

麗雲：阿母！你賢早！（把鈔票送給阿好官）

好官：（算著，嬉笑）一百元！陳先生，真是好人客，這款大出手，下次來的時候，著加親切奉侍，千萬不可得罪著他即好。

麗雲：好。（向裡面下）

（嫖客黃先生從裡面出，有點不快）

好官：黃先生，你起來啦？彼賢早啊！（黃不答，把錢給阿好官，阿好官一看錢太少，有點不快，但急轉笑容）黃先生，阿英真可憐，這幾日她的老母染病得真沉重，你嗎加賞幾十元銀給她嗎！

黃　：（帶著氣）哼！加賞她，是無要緊，不拘，她……

好官：（驚訝）她？她是按怎樣是不？

黃　：按盞？我來此開消，並不是要來看哮湳臉的。（說著向外邊下）

阿英：黃先生去啦是不？

好官：去啦。阿英，我給你講，人來此，是要來心適的，不是來看你的哮湳面噢。

阿英：阿母，你嗎知影，此幾日我的囝仔，病得真厲害，要按盞叫我免憂愁呢？

好官：囝仔破病又按怎？人來開錢，誰管你的囝仔？

阿英：不拘……

好官：免擱囉嗦了，這次饒你，以後愛注意。

阿英：好。（無可奈何地向裡面下）

好官：淑貞啊！淑貞啊！

淑貞：（由裡面上）來囉，阿母，甚代志？

好官：此個猿查某囝仔鬼啊，叫歸晡，你去何位？

淑貞：在洗衫。

好官：洗衫？什麼時間拉？你看咧，（拿鐘）已經要十點咯，我問你，早起幾點起來？

淑貞：五點半。

好官：五點半，（用手計算）六點半，七點半，八點半，九點半，此四點鐘，你的做甚貨？

淑貞：睏起來，就渥菜，飼雞，飼好，就焚滾水，煮飯，收拾房間，又給人客捧面桶水，準備早飯，了後即去洗衫……

好官：好啦，免講免講！你敢不堯較早起來咧？少年囝仔就彼貪眠。（淑貞看著她）看不識您祖媽是不，也不緊將內面收拾好勢嗎？

淑貞：好。（掃地）

好官：你此個死查某囝仔鬼啊，連土腳亦掃沒清氣嗎？

淑貞：也無污穢啊。

好官：你也敢應我，你給您祖媽借膽量的，無想看吃誰的飯長大的，真是不識好呆，不可因為我疼你，就要變款，我給你講啊，給你是勿假仙得啊，較注意一點！（哼）

淑貞：阿母，我並沒講什麼呀，請你免受氣啦。

（阿英上）

阿英：阿母，我來去看囝仔連鞭就轉來。

好官：緊去，緊來，恐驚人客會來。

阿英：好啦。（阿英下）

（阿月上）

阿月：頭家娘，按盞即早著起來，煞去啦，透早著的給甚人發生地？

好官：敢會不是給此的小鬼仔，你給我看咧啦，連土腳也掃沒好勢。

阿月：（勸她坐下）好啦，好啦，頭家娘，馬馬虎虎煞去啦，何必給囝仔的發性地。嗳！
　　你昨晚打四色是贏額多啊。

好官：贏？贏甚貨？唉，昨日不知為就甚貨手氣真呆，一下手就負去，以後一直不會返
　　身一直輸，攏總輸了五百八。

（淑貞倒茶給阿月和阿好官再工作）

阿月：頭家娘是有錢的人，輸一點仔有什麼關係？

（淑貞掃好地板）

好官：死鬼仔，掃好啦，快去洗衫。

淑貞：好。（淑貞下）

好官：你看淑貞，生得怎樣。

阿月：真好啊！不但面美，尚且身材又擱四配，你看，她行動真貴氣，我猜她一定前身是一位真好的家庭的小姐即著，此款即呢美的查某囝仔，你是去何位娶來的。

好官：你的眼色無錯，她原來是一位的小姐，她阿公還是秀才，自小在臺南長大，她父母攏死了，前年和她遠房叔父來臺北，她阿叔愛賭，輸了沒錢可再賭，就從淑貞當在此。我想從她送去錦綢彼去學曲。

阿月：彼真好咯！恐驚她叔父不肯。

好官：那會呼他不肯得，當我的人，一日不提錢來，著一日我的人，我要按盞就按盞，他也不得管我。

阿月：不拘，她叔那看著淑貞有出息時，想法來贖身的時候，也不著失了一欉搖錢樹咯？

好官：彼無問題，趁他現在的窮的時候，再給他幾百元，呼他寫一張賣身契就好了。

阿月：著，這的方法真著，莫怪頭家娘的趁錢！（笑）

好官：我昨日有吩咐錦綢來此，為什麼到今也未來呢？

阿月：錦綢伊厝，敢不是有電話。

好官：有，有，我著擱再來打電話來去給她推來。你亦入來一下，我有話要給你商量。

（好官兩人下，淑貞已提出壺上，淑貞沖熱水瓶，阿英垂頭喪氣由外面入）

淑貞：阿英姐，你為著按怎這款憂愁呢？

阿英：唉！因為我的子，置病真沉重，又沒錢可去給醫生看。

淑貞：沒錢可去給醫生看？你每日不是都賺了真多的錢嗎。

阿英：趁來的錢，又不是我的囉！

淑貞：（詫異）也無是什麼人的？

阿英：都是阿母的。

淑貞：按呢對她討嗎。

阿英：討？講加快，只求伊不要打罵著好了，還要想對她提錢。

淑貞：阿母的心真雄啊。

阿英：雄心的事也有的？我實在給你講（回顧無人低聲說）她要將你送去學曲，將來可做藝妲。

淑貞：甚啊！有影是不？阿英姐！你那會知影。

阿英：我門者聽錦綢姐姐的講的。

淑貞：今要按怎就好咧，請你救救我啦。

阿英：我要那有法度，也是對您阿叔去參商嗎。

淑貞：沒用的，阮阿叔是勿救我的，他只愛錢，什麼都不管，阿英姐，你替我想看有什麼法度？

阿英：（四面回顧）最後，只有是逃走而已。（阿英急下）（淑貞茫然想不出方法，手無意中開了收音機）

聲：本臺訊，本日上午九點本市保安街有一位張大匏的養女麗卿十九歲，因被迫賣淫，不堪其苦，逃往婦女會（或臺灣省養女保護運動委員會）喊救，現受該會保護中。……

（阿好官和阿月上）

好官：死鬼仔，代志不去做，在此的做甚貨？（閉了收音機）快去呼阿英和麗雲出來。

淑貞：好。（下）

（麗雲和阿英上）

二人：阿母，有要作甚貨是不。

好官：許先生打電話來，叫您緊去旅館。
二人：好。（二人下）
阿月：錦綢來啦，坐噢坐噢。
好官：你擱會來，今日是按盞即呢早就到此！
錦綢：攏嗎是你的電話，給我叫醒的，擱睏也睏勿去，只好起來的。
（阿英和麗雲帶手提包上）
二人：錦綢姐，賢早啊！
錦綢：無早囉！
好官：（拿錢給麗雲）此張五元是車錢四元，剩一元要找回來，不可亂用呀！
二人：好。
（阿婆急上）
阿婆：阿英，你緊來一下，囝仔真危險囉，緊來去給他吃一口乳咧。
好官：彼勿用得，門者旅館打電話來，呼她隨時去的。
阿英：阿母！呼我來去看囝仔一下，隨時著來啦！
好官：咱是做生意的，按盞會用得叫人客等咱呢？

阿婆：頭家娘，實在是囝仔染病得真厲害，你嗎大發慈悲呼她去一趟嗎。我亦求求你……

好官：免加講話啦緊去。

阿英：阿母！

好官：免囉嗦，去。（好官怒打阿英）

阿婆：好了好啦，阿英你去嗎，囝仔給我顧著好囉，你作你放心去囉，要唅乳，我會對對面的阿福嫂討，……

阿英：（無奈何地）也無，阿婆拜託你囉。

阿婆：做你去嗎。（說著三人同下）

錦綢：頭家娘，你講要叫淑貞學曲是不？

好官：我是想按呢，你的意思想按怎加好呢。

錦綢：給我講最好自按呢來賣給人最妙。

好官：要賣去何位？

錦綢：昨日四舍對我講，要娶一位姨太太，那是他合意者，他願出二萬元，要是會成功的話，敢不是真緊著會趁大錢，何必一定著要她去學曲。

好官：我也並不是一定著愛她去學曲，因為想無好方法，現在給是有此款的路，彼當然是真好的，等一會，我再叫她出來給你看一下，不拘價錢，敢勿更加高一些。

錦綢：照我想是無法度再加了，二萬元已經是真好的價錢囉，照現在的市面，這款開舍是無第二個了。

好官：好，就二萬元嗎，不拘等一回，我叫她出來的時候，你即勿講實在的事情，只講是你要娶她去一位公館去給人幫忙就好。

錦綢：但是以後她那知影不肯要怎樣辦？

好官：怎樣辦？現在給伊瞞過去，等候錢提入手以後，誰管她要活也活。她阿叔彼，我明日再給他幾百元，按呢不著完了嗎，不拘一定愛先付錢即會用得。

錦綢：作你安心，包在我的身上，決定勿錯，你叫她出來給我看看的。

好官：淑貞淑貞！（上）

淑貞：來了，阿母！（向錦綢）阿姨！

好官：淑貞，錦綢替你找著一家大公館，愛你去工作，你就和錦綢同齊去，但是要聽她的話，她叫你按怎你一一愛照她按呢去做即會用得，那無我就無僥你啊！

淑貞：好。

錦綢：也無就來去，淑貞咱來去嗎，阿月再會，今晚給您好消息。（錦綢和淑貞下）

阿月：頭家娘，這條錢趁得真簡單，明日會用得請客了。

好官：我當然，一定請你。

（阿婆忙上）

阿婆：頭家娘，阿英回來未？

好官：也末。（冷冷地）

（阿英和麗雲上）

阿英：呀！阿婆，囝仔怎樣啦。

阿婆：囝仔，囝仔已經死去了。（哭）

阿英：死去啦。

阿婆：我來叫你，你無去，等我回去的時候，囝仔手足已經冷了，而且人已經不在床上，掉在地板上，唉！實在真可憐的囝仔呀！

阿英：囝仔，我的子，這是阿母的不好，阿母無錢可來請醫生，從你來害死啦，阿母對不起你，阿母對不起你，阿母太對不起你。（有些瘋狀）阿婆你騙我啦！我的子一定無死，早起我去看，要好好的。（大聲）我要我的子！（哭）

阿婆：（極悲傷）你靜靜一下嗎！囝仔已經死了，也無法度再活了，你自己的身體要緊。

阿月：著呀！自己的身體要緊。

好官：此不准你此款的鬧，囝仔是自己夭壽的。

阿英：我子，我的子，是你害死他的，你堅堅迫我去，將囝仔餓死啦！（哭）我子，我的子，我要我的金子玉子，你愛還我的金子啦，……

阿月：（上前向勸）不免過頭傷心，此坐一下啦。

阿英：咦！金子，玉子，你沒死嗎？阿母永遠是疼你的。好囝仔，我的子，我永遠不離開你的身邊了。（捧了阿月的頭當作自己的孩子）

阿月：你不敢看不著，我不是你的子，我是阿月啦！緊放手呼！

好官：阿英，你不要假瘋。

阿英：我驚死嗎？你是甚貨，你這個妖怪，你害死了我的子，（迫近阿好官）你還我的子！

（錦綢匆匆上）

錦綢：喈咯！不好了，淑貞在街路上逃走了。一定是咱的講的話去給她偷聽著啦！

好官：什麼？淑貞逃走？

錦綢：是著啦，我叫車夫在婦女會（或臺灣省養女保護運動委員會）門口停車，正要彎入該會旁邊巷內的時候，她雄雄就一會走進去該會去大聲喊救命！

好官：哎呀！這著害了，今要按怎著好咧？

錦綢：也是來去拜託四舍去想一個辦法嗎？

好官：按呢好，緊來去嗎！

阿英：什麼？你想要逃走嗎？緊還我的子，無不准走。

好官：（被阿英拿住）放手，放手，……

（大家擾在一團時，警察上，大家放手）

警察：阿好官在家嗎？（阿好官不敢答）（指阿月）是你嗎？

阿月：（驚慌）不，不，不是，是，是她。（指阿好官）

警察：你？（阿好官慌張要走）好和我來去。（把阿好官抓住）

（幕急下）

為了讓讀者瞭解臺語話劇的編寫，這裡特別舉出呂訴上先生這篇遺作，大家都知道呂訴上先生是臺語話劇的先驅者，他的作品在民間很受歡迎，其中也有很多有價值的作品，像這篇《養母與養女》，有濃厚的鄉土氣息，也將臺灣早年養母與養女之間的關係刻劃入微，是篇好劇本。

多幕劇的編寫法

一般的舞臺劇，時間多半在一個半小時至兩個小時之間，在這樣的時間內，當然以多幕劇為主體，所謂多幕劇，是與獨幕劇相對而言的，有二幕、三幕、四幕、五幕，甚至更多的，但最好不要超過五幕，否則時間拉得過長，或者場景交換零亂，都使戲劇的效果打折扣。

景最好在六景以內，最標準的是一幕一景，多了拆搭就成了問題。

人物五至十五人之間，當然有必要，增加些配角也可以，注意人物的交代要清楚。

人物的換場與服飾的改變也不能忽略，有些粗心的編劇（其實導演也有責任）忽略說明人物的衣著，和時間的改變，致使劇中人從上場到下場（劇始劇終）穿著一套同樣的衣服，這在舞臺劇中，觀眾面對面的注視著演員，對這點尤其敏感。

劇情的發展上，特別要抓緊觀眾，尤其不能冷場，最好一開頭就來個大高潮，在劇情的進行中，要注意刻劃劇中人物的動作和面部的表情，儘量發揮舞臺劇的特色。

其次效果、燈光、音樂的配合也是必要的，有時導演固然可以運籌，編劇也得特別指明，以加強劇力。

例七十七 多幕劇舉例

後面例八十《黑狼的詭計》，是二幕四場的多幕劇，讀者可以參閱，限於篇幅，這裡不再舉例。

坊間出版了很多各家的劇本，如莎士比亞的《哈姆雷特》、《羅密歐與茱麗葉》等，讀者可以參考。

啞劇、歌舞劇的編寫法

啞劇以動作代替臺詞，這種劇通常用獨幕劇的方式演出，劇情不可能太複雜，主題要單一鮮明，人物也不能過多。

要注意的是啞劇的動作不是做給劇中人物看的，而是做給觀眾看的。這就是說，啞劇的動作要自然、鮮明、並且有節奏，最好配上音樂和效果，叫觀眾瞭解這個動作所代表的意思，否則真變了「啞」劇，令觀眾不知所云。

歌舞劇要注意調門的配合填詞，如果有專人作譜更好，作者可以儘量發揮，要不然就要受曲調的限制，在這些調門內去「填寫」了。

歌舞劇的特色就是「調」與「舞」，這兩者叫人有美感，配合劇情的吸引人，大多數都收到很好的效果，不過要注意「唱」的詞與「舞」的動作要美以外，時間不能太長，長了就使劇情有了「停滯」的感覺，觀眾就不耐煩了。這是時下一般用「唱」詞的戲，如歌仔戲等，都在這方面有了改變，不再像過去一唱就唱半天的劇情，迥然不同。

第四章 電影劇本編寫法

人類表現於戲劇上的智慧與文明，莫過於電影更具代表性了，它不但是各項藝術的綜合，而且也是人類合作下的產物。電影不是個人智慧的發揮，而是集體智慧的結晶，它匯集音樂、美術、舞蹈、雕刻、攝影、文藝、光學、表演……也融集了編劇、導演、演員、道具、燈光、剪輯……沒有任何一件「藝術品」融集了以上這些項目。

在電影製作過程中，編劇是一項基本工作，電影劇本的編寫法有什麼不同呢？首先我們要明瞭電影的特質：

電影特質

前面說過，電影是綜合的藝術，在編劇上要注意這些的協調表現。

其次，電影的「舞臺面」擴及整個宇宙，時間由亙古直到現在，編劇可以自由發揮，想出什麼新花樣，就寫什麼新花樣，只要是劇情所必需，是沒有任何限制的。因此，表現在場景的束縛上，電影劇本的作者要少多了。

第三是動作重於對話，電視劇、廣播劇、舞臺劇都脫離不了「舞臺」的型態，舞臺劇的表達偏向對話，電影可以不受「舞臺」的束縛，表達方式偏重動作，對話輔助動作，所以好的電影，對話儘量的精簡，非至萬不得已，最好少「說話」。

如何編寫電影劇本

掌握了電影的特質，編起劇本來就容易得多了，一般說來，有幾點要注意：

一、注意畫面的美感

這中間雖牽涉到聲光等的配合，導演固然可以調配，但需劇本有這種原始意境，不然導演是無法加上去的。例如小街不如林園大道來的美，茅屋不如洋房來的吸引人，客廳的擺設必須「裝潢」，臥室的陳設尤要「迷人」，當然，這必須在劇情許可下執行。

二、人物動作的美感

前面說過，電影偏重動作來表達劇情，人物動作尤其要美感，絕對要避免引起觀眾粗俗、下流及惡劣感覺的動作，同樣是表現偷情，如果動作粗俗，不堪入目，觀眾一定心生厭惡。

三、場景的變換

也是要注意的一點，例如前兩三場的戲是在室內（如客廳臥室等）進行的，下面的戲最好移到外面進行，使劇情變的生動。一般電影的長度都在一個半小時至兩個小時之間，有的也長達三個多小時的。以六百字稿紙計算，一個小時的劇本約在四十五至五十頁之間，一個半小時電影劇本當在七十頁左右。

電影用語

電影有一些專門字彙，編劇有些必須要瞭解的現在附表於後。

A

01 Accelerated Motion（n）　**快動作**
攝影機速度低於每秒 24 格畫面。

02 Action Still（n）　**冷場**
無人物的冷靜畫面。

03 Action-Theme（n）　**主題情節**
以一簡短的形式表示劇情影片的中心情節。

04 Actor（n）　**男演員**

05 Actress（n）　**女演員**

06 Adapt（v）　**改編**

07 Anaglyph（n）　**兩色立體電影**
戴兩色眼鏡所觀看的一種立體電影。

08 Animator（n）　**動畫師**
製作動態影像的設計畫師。

09 Art Director（n）　**藝術指導**
在拍片時負責美術部門之工作者。

10 Assemble（v）　**影片粗剪**
影片拍好後，第一次剪輯的工作。

11 Assist Director（n）　**助理導演**
導演的雜役，負責調和拍攝工作事宜。

12 Associate producer（n）　**助理製片**
協助製片人工作，往往僅在大公司才有。

13 Atmo sphere（n） **臨時演員**

14 Avantgarde Picture（n） **副片**
正片放映前的短片。

B

01 Background Film（n） **知識影片**
教育影片，於課室內介紹某些事物之影片。

02 Background Music（n） **背景音樂**
低於對話及其他音響效果的緩和伴奏音樂。

03 Backing（n） **襯景**
拍照片使用的背景。

04 Big Close-up（n） **大特寫**
攝影機接近目的物拍攝，拍攝的範圍大約只有臉部的一部分。

05 Booth（n） **錄音室**
隔音設備良好的房間專供錄音師使用。

06 Breakdown（n） **預算表**
影片拍攝前所擬定的一項製片費用明細表。

C

01 Camera（n） **攝影機**
電影中攝取影像用的機器。

02 Camera Angle（n） **攝影角度**

鏡頭拍攝的角度。

03 Cameraman（n）　**攝影師**
負責操縱攝影機，攝取畫面的技術人員。

04 Cartoon Film（n）　**卡通片**

05 Cast（n）　**演員表；主演演員**
男女主角及各角色之配役表。

06 Change-Over（n）　**交換畫面**
影片放映時由甲放映機換為乙放映機，或自乙放映機換為甲放映機放映。

07 Cheat Shot（n）　**詭術鏡頭**
利用特技攝影所拍攝的鏡頭。

08 Cinema（n）　**電影**

09 Cinema Manager（n）　**影片商**
經營影片業務的商人。

10 Cine-Magazine（n）　**集錦短片**
趣味性的集錦短片。

11 Cinemagoer（n）　**電影從業員**

12 Cinema tograph Projector（n）　**電影放映機**

13 Cinerama（n）　**新藝拉瑪**
美國出品的一種三機立體電影，三條影片同時放映，有六條聲帶。

14 Cenema Scope（n） **新藝拉瑪體**

闊銀幕電影，光學身歷聲者銀幕比例為 1:2.55，磁性聲帶者比例為 1:2.55。此種電影係利用壓縮鏡頭拍成，將影像壓縮於底片上，放映時再用同型鏡頭將其影像放大復原。

15 Close Medium Shot（n） **中近景**

16 Close-up（n） **特寫**

17 Commentary（n） **旁白**

以語言解說影片內容。

18 Continuity Girl（n） **場記小姐**

又稱 Script Girl。

19 Continuity Tital（n） **組合字幕**

用以連接兩場戲或兩段影片之間的字幕。

20 Crane Shot（n） **運動鏡頭**

攝影機裝置在一種特製的升降機上拍攝的鏡頭。

21 Credit Title（n） **演職員字幕**

每部影片開始或結束時的演職員名單字幕。

22 Creeping Title（n） **動態字幕**

通常是以非常緩慢的速度由下向上移動。

23 Cross-Cut（v） **交互剪輯**

將兩場以上的戲連接在一起使觀眾產生混合的印象。

24 Crowd Artist（n） **臨時演員**

某一場戲或某一章中所使用的大群或一部分演員。

25 Cut　1.（v）**跳接** 2.（v）**停止** 3.（q.v）**剪接**
1. 兩個鏡頭之間的一種轉位方法。2. 導演認為表演到一適當段落通知停止拍攝的口令。3. 剪輯工作，與 edit 同義。

26 Cutting Print（n）　**毛片**
供剪輯之拷貝。

27 Cyclic Film（n）　**循環影片**
供教育及說明時用的影片，能連續循環不斷的放映。

D

01 Diagram Film（n）　**圖表影表**
活動的圖說明。

02 Distance Shot（n）　**遠景**
從目的物很遠的距離拍攝的鏡頭。

03 Director（n）　**導演**
影片拍攝時的總指揮，集體創作的領導者，影片成績優劣的負責人。

04 Documentary（n）　**記錄片**
非劇情性的記錄片，取材於現實生活，以社會為主題。

05 Doudle（n）　**替身**
被僱用在影片中專門代替演員拍驚險或特殊技術的演員。

06 Dub（v）　**重錄音**
將另一種語言配在一部片中的錄音工作。

07 Dunning Process（n） **詭術印片**

一種詭術，將演員疊於任何其他背景前面。

E

01 Edit（v） **剪輯**

將一部影片的全部鏡頭及聲帶予以編輯。

02 Editor（n） **剪輯師**

負責影片編輯者。

03 Effects Track（n） **效果聲帶**

對話與音樂聲帶之外的音響效果聲帶。

04 Establishing（n） **確定鏡頭**

一場戲開始時所拍攝的一個遠景，用以確定近距離鏡頭中所拍攝景物的關係位置。

05 Exhibitor（n） **影片發行**

06 Exterior（n） **外景**

07 Extra（n） **臨時演員**

不說話之臨時演員。

F

01 Fade-in（n/v） **淡入**

1. 畫面由黑暗而漸入明亮。2. 聲音由低而漸高。

02 Fade-Out（n/v） **淡出**

Fade-in 之相反意義。

03 Feature Player（n）　**特約演員**
與影片公司簽約拍片時間至少在一星期以上者。

04 Film（n）　**軟片**
電影所用之各種膠片。

05 Film Appreciation（n）　**影評**
鼓勵、評論、鑑別影片之專門人員，並供電影從業人員改進影片品質之參考。

06 First-run Cinema（n）　**首輪放映**
影片發行時的頭輪上演。

07 First Runner（n）　**首輪影院**
專門放映首輪影片的戲院。

08 Flashback（n）　**畫面倒敘**
片中穿插畫面重現的一種方法，表現劇中人回憶往事。

09 Floor（n）　**拍片場地**
攝影棚中正在拍片的地方。

10 Floor-Secretary（n）　**場記小姐**

11 Footage（n）　**片長尺數**
一部影片以呎為單位所計算的長度。

12 Foreground Miniature（n）　**模型接景**
一場布景為了省錢，僅搭建一部分，另一部分作一個小模型擺在鏡頭前面，拍出來之後，看起來像一座完整的建築物。

13 Frame（n） **片格**

軟片上的一格畫面。

14 Frequency（n） **頻率**

15 Full Shot（n） **全景**

G

01 Gaffer（n） **燈光領班**

燈光人員的頭目。

02 Gag（n） **笑料**

影片中戲的動作及語言。

03 General Release（n） **統一發行**

一部影片的普遍發行工作。

04 Glass Shot（n） **玻璃接景**

在鏡頭前放置一塊非常清潔的透明玻璃，由專門技術人員繪製未搭建的一部分布景。很精密的與真實的布景相接合。

05 Green Film（n） **稚片**

經過沖洗程序後，未上臘及試放的影片。

06 Ground Noise（n） **雜音**

由擴音器及揚聲器中產生的雜音。

H

01 Horrific Film（n） **顫慄影片**

特別恐怖的影片。

02 Horror Film（n）　**恐怖影片**

虛構之影片，故意加以緊張恐怖驚駭之情節。

I

01 Impressionism（n）　**印象派電影**

將一組沒有時間與空間關係的鏡頭接在一起，而產生一個概略印象的影片。

02 Interest Film（v）　**趣味影片**

無虛構的主題之大眾化趣味性影片。

03 Interior（n）　**內景**

攝影棚內搭建之布景。

K

01 Kinemacolor（Kinema=Ciema）（n）　**彩色影片**

02 Kinerama（n）　**金藝拉瑪**

蘇聯出品的三機立體電影，有九條聲帶。

L

01 Licence（n）　**執照**

02 Location（n）　**外景**

不在攝影棚內拍攝的影片。

03 Long Shot（n） **遠景**

04 Lot（n） **攝影場**

靠近攝影棚，屬於攝影廠之外景拍攝場所。

M

01 Main Title（n） **片名字幕**

02 Make-up（v） **化妝**

03 Master Shot（n） **主景鏡頭**

一場戲所拍的第一個鏡頭，包括整場戲，通常為遠景或中景。

04 Medium Shot（n） **中景**

以人作標準時係自膝蓋部分向上之全身。

05 Mid-Shot（n） Medium-Shot **之縮寫**

06 Mix（v/n） 1. **（光學）溶化** 2. **（錄音）混合**

1. 將 fade-in & fade-out 疊合。2. 數條聲帶合併為一條聲帶。

07 Model（n） **模型**

按照一定比例而縮小之各種景物。

08 Model Shot（n） **模型攝影**

特別效果攝影術之一種，如攝影棚內拍軍艦大海等。

09 Montage（n） **蒙太奇**

電影構成的一種具有創作性的方法。

10 Motion Picture（n） **電影**

美國人慣用之稱呼。

11 Motivation（n）　**激發**
以適當的動機指導表演或剪輯。

12 Movie（n）　**電影**
美國人之稱謂。

13 Movie Actor（n）　**演員**
特別指電影演員。

14 Movie Fan（n）　**影迷**
明星的崇拜者。

15 Movie Star（n）　**明星**

16 Movie Goar（n）　**觀眾**

17 Movienthusiast（n）　**影迷**

18 Multiplane Camera（n）　**滑行攝影機**
攝影機拍攝卡通之特別裝置，可上下自如的操縱。

19 Mute Negative（n）　**無聲影片**
沒有聲帶的底片。

20 Mute Print（n）　**無聲拷貝**
無聲帶的拷貝。

21 Musical（n）　**音樂片**
快樂性的音樂喜劇片。

N

01 Narratage（n）　**解說**
劇情片中演員之一解說劇情。

02 Newsreel（n） **新聞片**
介紹世界各地新聞的短片。

03 Non-theatrical（adj） **非戲劇性**
非為公共娛樂之影片。如宗教影片等。

04 Number-board（n） **場記板**
記述場號、景號、選用鏡頭號之記錄板，攝於每段影片開始數格，作剪接之參考。

P

01 Panavision（n） **潘那維新體**
闊銀幕電影的一種，規格與新藝綜合體同。

02 Parallel Development（n） **並列發展**
將不同地點同時進行的情節作並列之介紹。

03 Patron（n） **贊助人**
對影片特別贊助演出者。

04 Photodramatic（n） **電影戲劇性**

05 Photogenic（n） **上鏡頭**
特別適於上銀幕的人物。

06 Post-Synchronisation（n） **對畫面配音**
根據已拍好之畫面配音或加配聲音。

07 Premiere（n） **首映日**
影片初次作公開性放映日。

08 Pre-score（v）　**預先錄音**
先錄音後再拍攝畫面。

09 Pre-view（n）　**試片**
試放某片段之影片。

10 Producer（n）　**製片**
負責整個影片拍攝計劃者。

11 Production Manager（n）　**製片經理**
負責拍片部門事宜者。

12 Production Still（n）　**劇照**

13 Prope（n/pl）　**道具**
攝影場布景內所陳列的器具，不包括演員的服裝。

14 Property Manager（n）　**道具管理員**
尋找道具及保管道具的人員。

15 Puff（n）　**廣告**
誇大、讚美，對上演的影片作有利的宣傳及評論。

Q

01 Quick Cutting（n）　**短鏡頭**
以很少格數的畫面插入一段動作中。

02 Quickie（n）　**粗製影片**
以廉價而迅速的手段拍攝的影片。

R

01 Realist Film（n） **記實影片**

描述真實生活而沒有劇情的影片。

02 Reconstruction（n） **布景**

為拍攝影片而搭建的景物。

03 Record（v） **錄音**

用機械將聲音記錄在聲帶或磁帶上。

04 Reduce（v） **縮片**

將大型影片縮小為小型影片，如 35mm 縮小為 16mm。

05 Reel Boss（n） **經理**

影片公司的經理。

06 Re-issue（v） **1. 再發行 2. 再上演**

影片之再度公映。

07 Relational Editing（n） **相關剪輯**

將許多鏡頭用意念關聯而組合在一起。

08 Release（n） **發行**

使影片有計劃的公映。

09 Release Script（n） **發行劇本**

專供影片發行用的劇本。

10 Renter（n） **片商**

購買影片或放映權在某地區域的商人。

11　Reproducer（n）　**擴聲器**

12　Re-take（n）　**重拍**

一個鏡頭或一場戲沒有拍好，再次拍攝之謂。

13　Re-wind（v）　**倒片**

將放映過的影片倒回。

14　Running Time（n）　**放映時間**

一部影片按正常速度放映所需之時間。

S

01　Scene（n）　1. **一場戲**　2. **場面**

1. 劇情發展的一段落。2. 拍戲的場面。

02　Scenario（n）　**概要劇本**

概要描述劇情之劇本。

03　Scenario Editor（n）　**劇本編輯**

04　Scenario Writer（n）　**劇作家**

05　Scenarist（n）　**劇作家**

06　Screen（n）　**銀幕**

07　Screen Writer（n）　**電影編劇者**

專門編寫電影劇本的人。

08　Screen Face（n）　**銀幕面型**

適於上銀幕之臉型。

09 Screen Play（n） **電影劇本**

10 Script（n） **原稿**

11 Script-scene（n） **分場劇本**

12 Sequence（n） **章、幕**
一部劇情影片中情節發展的一個段落，較場的範圍大。

13 Serial Film（n） **續集影片**
分上下等數集之影片。

14 Set（n） **布景**
離布景遠處的畫景，拍片用之布景。

15 Shoot（v） **拍攝**

16 Shooting Script（n） **拍攝劇本**
比分場劇本更精細的電影劇本。

17 Slow Motion（n/adj） **慢動作**
動作緩慢之效果。拍攝時攝影機速度超過每秒 24 格所得之效果。

18 SMPTE（Society of Motion Picture 和 Television Engineer）（n）
國際電影電視工程師學會

19 Special Effect（n） **特技效果**
包括一切特技效果之攝影與印片等。

20 Speed（n） 1. **節拍** 2. **感光度** 3. **析光率** 4. **格數**
1. 剪輯與劇情之發展速度。2. 軟片藥膜感光作用之敏感度。3. 攝影機鏡頭之導送率。4. 放映機或攝影機軟片之通行速度，正常為每秒 14 格。

21 Stage（n）　**攝影棚**
攝影場所設置的拍片房舍。

22 Stand-in（n）　**替身**
代替主要演員站定位及打光的人。

23 Star（n）　**明星**
影片中之主角並具有賣座號召力者。

24 Stereoscopic Film（n）　**立體片**
有深度感之立體效果影片。

25 Still（n）　**照片**

26 Studio（n）　**製片廠**
拍攝影片之工廠。

27 Studio Manager（n）　**製片廠廠長**
管理片廠的負責者。

28 Substandard Film（n）　**小型影片**
任何小於 35mm 之影片。

29 Sub-title（n）　**字幕說明**
加於畫面上說明之文字。如年代、地名等。

30 Super-impose（v）　**疊印**
兩條畫面重疊印在一條軟片上。

31 Super-Panavion（n）　**超潘那維新**
70mm 影片的一種，規格與 Super-Technirama 同。

32 Super-Technirama（n） **超特藝拉瑪**

70mm 影片的一種，底片為 35mm 者，但拍攝時畫面橫走，印成拷貝時為 35mm，有六條磁性聲帶。

33 Synopsis（n） **劇情大綱**

劇情故事之簡要說明。

T

01 Talent Scout（n） **星探**

專門負責發掘新演員者。

02 Technician（n） **技術員**

電影之專門技術人員。

03 Technirama（n） **特藝拉瑪**

闊銀幕電影的一種。

04 Tempo（n） **節拍**

劇情發展的速度。

05 Theme（n） **主題**

中心思想。

06 Theme Song（n） **主題曲**

影片中之主要音樂或歌曲。

07 Thread（v） **空片**

每卷軟片開始之數呎，用於裝入放映機之空片。

08 Title（n） **字幕**

畫面中之文字。

09 Todd-OA（n）　**托德** OA

70mm 電影的一種，底片為 65mm，拷貝為 70mm，有六條磁性聲帶，此種格式電影係由米高·托德與美國光學公司聯合發明。

10 Tone（v）　1. **色調** 2. **音調**

1. 彩色片及黑白片之格調。2. 聲音的色調。

11 Topical（n）　**新聞片**

專門報導新聞的影片，即 Newsreel。

12 Track（n）　**聲帶**

13 Traioer（n）　**預告片**

對本片作簡短宣傳的短片。

14 Travelogue（n）　**旅行影片**

旅行時拍攝的記錄片。

15 Treatment（n）　**劇本編寫**

由故事大綱改編寫成拍攝劇本之過程。

16 Trim（n）　**初剪**

初次修剪鏡頭準備接合。

17 Tungsten（n）　**燈光**

鎢絲燈，指 3200k 之燈光。

18 Two-Shot（n）　**雙人鏡頭**

一個畫面中同時拍兩個人的近景。

V

01 Visual（n）　**畫面**

鏡頭與組合

所謂電影就是用不同的鏡頭組合成的一部活動戲劇，鏡頭是組成電影的基本單位，猶如人身上的細胞，由無數的細胞組成器官，由器官組合成人的生命，電影是由無數的鏡頭的組合而獲致生命。我們學習寫作電影劇本，雖然不一定要學習這方面的「技巧」，但至少要瞭解其意義與作用，才會幫助我們在劇本中去運用。

鏡頭的種類與意義

何謂鏡頭？簡單的說，就是一個畫面。平常我們拍照，常聽人說成「取一個鏡頭」，只是平常的「畫面」簡單，僅是一張（一張相片，或是一格膠卷內所攝得的），無所謂時間的長久；電影就不同了，一個畫面（鏡頭）持續幾秒鐘，甚至幾分鐘，這是由連續的鏡頭而構成的，形成的影像也許只是單純的，甚至毫無變化的（如果劇情有其需要）畫面。這些畫面分離開來是無意義的，死的影像，組合起來便是活動的影像，便成了電影。

鏡頭有三種：一是遠景、一是中景、一是特寫，又稱近景。所謂遠景，以人的天生攝影機眼睛作基礎來看，就是「遠距離」的景象，中景就是「中距離」的景象，特寫就是「近距離」的景象。

鏡頭的運用

假如現在有一個人去拜訪朋友，當他進入朋友的客廳，首先進入他眼簾的，是整個客廳的景象，這個景象包括他的朋友在內，他或許起身歡迎他，或許在接一個電話，或許在看報，在跟女佣人說話，這整個的景象就是遠景。

不論是平常的拍照，還是電影中的鏡頭，中間一定有一個「主體」，例如前例的朋友，就是這個鏡頭的主體。主體有時不一定是人，也許是一個動物、一件東西、甚至一群人，一大堆雞蛋，或許一棵獨立的松樹，這裡我們可以得到一個概念：主體就是我們所要表現的「主題」，前面的例子，朋友是我們所要表現的「主題」，所以他是這個鏡頭的主體。

遠景因為距離遠，主體的形象所給觀眾的印象是不夠清晰的，它的作用是介紹主體及其環境周圍的事物，它必須達到近景才叫觀眾滿足；也就是說，觀眾瞭解主體的環境以後，還要看看他的「真面目」才後快，這需要「中景」來建立橋樑。

電影的作用就是幫助觀眾的眼睛來「看」事物，如果突然將遠景的主體改變成近景，觀眾的眼睛不習慣、有刺激的感覺，所以必須運用「中景」。就以前例來說，朋友坐在沙發椅上看報，這人再走近幾步，出現在他眼簾的只剩下沙發和他的朋友上半身了，景象也與觀眾的距離拉近了一步。

最後就是「近景」的出現，朋友站起來熱烈的與這人握手寒暄，特寫他面部的表情，這一系列的動作與進程，必須用遠景、中景、近景（特寫）來表達。

這種鏡頭的運用，不是一成不變的，不但彼此相關，而且有伸縮性。不論遠、中、近景，都以表達主體為目的，它們不但彼此相關，且因「角度」的不同，所呈現的畫面也不同。距離很遠，就變成「大遠景」，距離太近，就成了「大近景」（大特寫）；由劇情需要，經常要運用這種鏡頭，我們常常看到西部片中有匹駿馬，上面騎著一個牛仔，遠遠的從峽谷中穿過，拍攝這種「大」鏡頭，要從空中鳥瞰往下拍，這就是大遠景。有時為了描寫女主角的笑靨，特寫她面部的微笑，為了更進一步描劃她那對酒窩的可愛，就要「大特寫」她笑容中的那對迷人的酒窩了。

切入與跳離

在鏡頭的運用中，切入與跳離也是很重要而常用的，切入就是拍攝主要動作的系列鏡頭中，「切入」特寫鏡頭，例如前例，這人與朋友握手寒暄，「插入」這人的面部表情特寫鏡頭就是切入；再如一對男女雨中漫步，「插入」女方秀髮盡濕，卻笑容滿面，這也是切入。跳離與切入恰恰相反，我們將電視上的鏡頭作個比喻，有些綜藝節目的導播，常常喜歡將鏡頭對準幾個觀眾，描寫他們的表情，這就是跳離；這也是說，跳離不是「描劃」主要動作，而是跳到主要動作外相關的人與事物，它的作用也是確定對主要動作的相關性。

以前面電視鏡頭為例，「跳離」到觀眾臉上，是表示這個觀眾的驚訝、痴呆、歡笑是因為觀賞正在進行的節目而發的。

衝入與尾離

所謂「衝入」就是面對鏡頭而來，所謂「尾離」就是背對鏡頭而去，兩者均是切入與跳離鏡頭的運用。

電影上還有很多屬於鏡頭上的技巧運用來幫助表達劇情，譬如人物的上下場，不像舞臺劇那樣呆板，也比電視劇靈活。作者要懂得運用這些技巧，才能將電影劇本編得好，現在分別說明如下：

淡出

畫面的光線由明亮轉為暗淡，漸漸變黑，以致完全消失，就是「淡出」。例如甲乙猛打一陣，彼此精疲力竭，畫面逐漸暗弱轉黑，表示這個「動作」已告一個段落，以「淡出」來交代人物的下場，動作的結束、劇情的一個小段等，是常用的一種技巧。

淡入

與淡出恰恰相反，畫面由暗弱呈現，再轉強烈，就是「淡入」，例如張三訪友，畫面直接由張三跨入大門而淡入；這一動作前的動作，都由這個「淡入」的技巧交代了，這也是電影中常用的手法。

溶接

事實上是淡入與淡出的交換運用，就是將一畫面溶化到另一個畫面上，在極短時間內，老的畫面淡出，新的畫面淡入。這種技巧的運用是將兩個不相關的動作，連接成一個動作，其實這兩個動作是相連的，只是為了省去其中某些不必要的動作，而運用溶接的技巧。譬如張三訪友，他跨進大門這個畫面，溶化進他的朋友與他正在熱烈乾杯互祝，表面上看這是兩個不相關連的動作，其實省去了其中相互寒暄等不必要動作。這種「溶接」的技巧，比較柔和而不衝擊，是一般電影中最常用的手法。

快速搖攝

有時也用「滑過搖攝」，就是在一個普通畫面上，用快速的攝影技巧拍過去，快速的程度令觀眾看不清主體的動作，然後再接在一般鏡頭上，它的作用也是將前後一般鏡頭連接起來，省去其中不必要的鏡頭。

劃過

就是兩個鏡頭同時出現在銀幕上，新的鏡頭將舊的鏡頭推開，而完全取代之，便稱為「劃過」。這種手法要運用光學和熟練的技巧，銀幕比較少用。

時空的轉換

編寫電影劇本，對時間與空間的轉換來說，是劇作者面臨的大問題，因為電影不像電視、舞臺劇，它不斷的在轉換時間空間，必須要將這些不斷的轉換連成一個整體，就要妥善的運用前面的各種技巧。

(一)淡出是表示一組鏡頭（一個主要動作）的結束，暗示另一個動作（鏡頭）就要開始，也就是轉換到另一個時間和另一個空間。

(二)淡入是表示一個新的情節（主要動作）開始，暗示了一個老的時空的結束。

(三)溶接是將兩個不同時空的情節連接在一起。

(四)快速搖攝也是將這個不同時空的情節連接在一起，使成一個整體。

(五)劃過的作用也在此。

對比的鏡頭運用

對比是刻劃劇情重要的方法，在電影裡運用得尤其多，對比的鏡頭如何運用呢，就是運用切入與跳離。

例如一強一弱兩人準備打架，甲強乙弱，鏡頭不斷切入甲乙二人的動作，刻劃其特點，跳離到旁觀者身上，不斷描劃支持甲乙兩方的人表情，於是形成了強烈的對比。這種對比的切入與跳離鏡頭運用得妙，最能收到效果。

以上是學習編寫電影劇本，屬於技巧方面所要注意的事項，其餘當然還有很多，多半是屬於「拍攝」的範圍，不是「編寫」的範圍，讀者暫時不必去研究它。

下面舉兩個電影劇本例子，一個比較詳細，一個比較簡單，讀者可以對比研究。

例七十八　電影劇本舉例

一場、（淡入）片名、演職員表

背景是牆，左上角一盞老式電氣燈，孤伶伶的掛在牆上。

字幕在弱光中淡入呈現鮮明。（淡出）

二場、（淡入）廣場、夜景（實景）

一座方方的廣場，四周房屋聳立，遠角處有教堂十字架。

時間將近黃昏，

（溶接）濕淋的小街，狹窄，雨後，行人三兩，路燈昏黃，一個少女神情恐懼的由小弄中奔出，鏡頭跟著她走，她奔至大街，想呼救，出奇的竟無行人經過，少女大急，不時往後瞧，似有人要追她，好不容易來了個行人，少女大叫。

少女：救命！救命！

那人走近，卻是個老頭，少女抓著他。

少女：請你救救我，有人要殺我！

老頭慈祥的摸摸她的頭，不發一語，領她向前走，一部轎車馳近，老頭示意少女上車。

少女正要跨上車，看看司機，司機看著老頭，老頭面有笑容，少女猶豫。

少女：這車……？

老頭揮手叫少女上車。

少女更不敢上車。

老頭抱少女上車，少女掙扎，老頭衣帽脫落，現出是個兇惡的青年。少女驚叫。

少女：救命！這人要殺我，救——

青年堵住少女的嘴，丟進車裡，上車，如風而去。

三場、（跳接）一枝手槍對準一個人的背，室內。

鏡頭拉出，握槍的人是個少女，面露殺機。

那人仍背對鏡頭，不聲不響。

壁上時鐘的答聲清晰可聞。

四場、（跳接）溪流，湍急，一匹駿馬載著一名騎士馳至，騎士下馬飲水，一顆流彈自岸樹叢中飛出，射中騎士。

五場、（跳接）室內執槍少女，搖晃著上身，倒下，手槍落在身旁。

背對鏡頭那人，慢慢轉身，有人自旁門入，檢視少女是否已死。

六場、（跳接）那輛劫持少女的汽車在公路上奔馳。

七場、（跳接）室內倒地的少女並沒死，被那人抱走，坐在椅上獰笑，電話鈴響，接電話。

八場、（跳接）劫持少女車馳抵一古堡大門，青年抱少女下車，少女狂跳。

歹徒抱少女登堂入室，幾經拐折，進入地下室。

九場、（跳接）室內獰笑之人放下電話。

歹徒抱少女入，放下她，

少女恐懼。

少女：這是什麼地方？

歹徒甲（獰笑之人）：把槍給她——

歹徒乙（抱她之人）從身上掏出手槍丟給少女，然後開門走出。

少女茫然拿著槍。

歹徒甲慢慢轉過身去，以背對少女。

歹徒甲：（並未回頭）開槍，如果你要命的話！

少女越發茫然，不知如何是好。

十場、（跳接）溪邊，騎士躺在岸邊，有中年牛仔從樹叢中走出，涉水而過，去搜騎士的身，騎士翻身躍起（他是裝死）兩人扭做一堆。

騎士制伏牛仔。

騎士：快說，安娜呢！

牛仔：不知道！

騎士以尖刀抵其咽喉。

騎士：快說！

牛仔：（期期艾艾）妮妮第三街，阿孟爾劫上車了！

騎士猛揮拳擊昏牛仔，翻身上馬，奔馳而去。

十一場、（溶接）騎士奔馳，歹徒甲與少女僵持，少女持槍對準歹徒甲，顫抖，始終不敢開槍。

不斷插入騎士狂奔。

十二場……

例七十九　電影劇本舉例

《不了情》

人物：

㈠紀采菱：女，二二歲、倔強、勇敢、多情。

㈡紀采妮：女，二五歲、采菱姐，懦弱……

㈢……

……

第一場

人：采菱、采妮、遊人多人

時：日

景：遊覽區的山邊，有森林、懸崖

遊覽區遊人三三兩兩，采菱手執著一封信，夾在遊人中，東張西望，找尋采妮。采妮站在森林邊，發現了采菱，她面容憂戚，並不向采菱打招呼，采菱遠遠的發現了她，高興，奔過去。

采菱：（一面奔，一面叫）姐姐……姐姐……

奇怪的是，采妮見了采菱，反而轉身要跑，

采菱怔了怔，奔得更快。

采菱：姐姐……姐姐……

采妮在前跑，采菱在後追，兩人奔過森林，越過山丘，來到了懸崖邊。

采妮站住，

采妮：不要過來，不要過來。（作勢要往下跳）

采菱嚇了一跳，只得站住，兩人隔得遠遠的。

采菱：姐姐，這是為了什麼？……你不是約我在這裡見面嗎？

采菱口裡說著，腳下向前移。

采妮滿面淚痕，泣不成聲。

采菱：姐姐……

采妮：我……見你最後一面……

采菱：（預感不妙）姐姐……（腳下向前急行）

采妮返身向懸崖跳下。

采菱奔至懸崖，向下俯視，山風呼呼，翠谷寂寂，無半點人影。

第二場

人：采菱

時：黄昏

景：山腳下，黄土一抔。

新墳的墓碑，上鐫「紀采妮小姐之墓」，

墓碑攤著「遺書」，旁有紙灰一堆。

采菱跪在墓前，已哭無眼淚，她慢慢拿起遺書，向墓祝禱。

采菱：姐姐，我一定要替你報仇！

她慢慢站起，慢慢離去，夕陽照著她背影悽涼修長，但也堅定，沉著。

第三場……

第五章　兒童劇編寫法

編劇在戲劇的行業中是最弱的一環，在編劇中最弱的又是兒童劇。電視劇有人編，電影有人編，其他的戲劇也有人編，就是兒童劇很少人編寫，推想其原因，最重要的是「出路」問題，也就是說沒有演出的機會，劇作者拿不到報酬，也就失去了興趣。

其次兒童劇不太好寫，吃力而不討好，其實這是錯誤的，只要我們把握住方法，反而比別的戲劇容易寫。

還有恐怕是忽略了兒童劇的重要性，認為兒童劇沒有提倡的必要，不值得去傷腦筋，大人看的戲劇，兒童也可以看，何必單單去編寫兒童劇呢？

這三個原因結合在一起，是目前兒童劇不發達的原因。在文明先進國家，兒童劇佔著重要的地位，在電視上、舞臺上都有專門性或定期性的兒童劇上演，內容與形式都要求的特別高，兒童劇作家在社會上有著崇高的地位，他們為什麼這麼重視兒童戲劇呢？

兒童劇的重要

大家都知道兒童是國家未來的主人翁，我們要培養新生的一代，從多方面著手才能成功，不能板著面孔說教，兒童不但不會接受，反而容易引起反感；兒童的教育必須從兒童的興趣方面著手，也就是從娛樂中教育他們，戲劇被證明是兒童最喜愛的娛樂方式之一。

戲劇也是「動」的藝術，換句話說，戲劇是「生活化」的娛樂，兒童的教育不是點的，也不是面的，而是要「立體性」的，就是要「生活化」。兒童劇所扮演的是兒童生活面，兒童不但有親切感，也有相同的「生活感」，在效果上更是多方面的。

這僅從現實的教育觀點來看兒童劇，就文學的觀點言，兒童劇與童話一樣，在文學的領域中佔了一席之地，從文學上可以反映出一個民族的興衰和時代的特性，從兒童文學上也反映了這個民族或時代的興衰契機。

兒童劇的寫作

兒童文學的創作要把握兒童心理，不能以大人的觀點來安排兒童劇的情節，這話怎麼說呢？大人的理解和興趣是與兒童不一樣的，許多在大人們認為毫無意義的事，在兒童們卻是樂此不倦，比方玩積木：積木堆成各種形狀，堆好了又拆掉，拆掉了又重新來堆，反覆不倦。兒童劇的創作首先要切合兒童的理解程度和興趣程度，如何才能把握這個原則呢，現在具體的來說明一下。

一、要擬人法

兒童劇的題材和童話一樣，神仙妖怪、野獸樹木、衣服鞋襪……等等，都可拿來做主角，把它們當成「一個人」，童話裡面這方面不乏名著，例如《白雪公主》、《木偶奇遇記》等，這是就兒童的興趣著眼的。兒童的生活面不大，他所接觸的事物不多，他所能理解的範圍也有限，所以他對周圍的事物充滿了好奇心，也充滿了幻想；在兒童的心眼裡，每一樣事物都是新鮮的，都是新奇的，他都可以把它們當「對象」來玩，例如一雙破鞋子，兒童的看法就與大人完全不同，兒童把它當成一雙大人的腳，手撐在鞋子裡面，學他看到過的一個老頭兒拐著腿走路，擬人法的基礎就是建築在兒童的興趣與想像上。

二、**要簡單**

兒童劇的劇情要簡單，不可太複雜，也不能太曲折懸疑，表達的主題尤要單純，在兒童所能理解的範圍內來安排劇情，因為理解的程度有限，所以它的「悟」性也在某一個程度以內。兒童劇的劇情要兒童感興趣以外，還要能懂，而且不能令兒童「想」得太多，所謂「想」得太多，就是不能叫兒童「花腦筋」太多。但這不是說兒童劇就可以平鋪直敘，沒有「戲劇味」，那是收不到效果的，即使以兒童為對象，戲劇也要維持其「戲劇性」。

把握這兩個原則，編寫起兒童劇來就有了準繩，這裡再重複一遍，要把握兒童興趣和理解程度，兒童劇編寫起來才得心應手。

兒童劇的種類

兒童劇有舞臺劇，如前不久臺北市開過兒童劇展，就是舞臺劇。兒童舞臺劇最好以獨幕劇的方式演出，最多不要超過四幕，當然，如果劇情需要，複雜一點也可以，時間最好不要長過兩小時。

臺視早期的兒童電視劇相當有名，後來又有兒童電視劇集，如《青青歷險記》，很受兒童歡迎。

兒童劇也有廣播劇，至於兒童歌舞劇，是以唱遊與舞蹈為主要表達方式的戲劇，也是常見的一種兒童劇，適於低年級的兒童觀賞和表演。

目前來說，兒童劇尚是一塊待開墾的處女園地，以戲劇的發展趨勢看，這塊園地的經營必將受到重視。因為文明越發達，造成的社會問題越多，人們必需從精神上再改造自己，塑造新的一代，以維護傳統的優良特性和迎合新時代的潮流，兒童教育的方式便為各方所矚目，兒童劇的發展漸漸為專家們重視，提倡兒童劇的呼聲便時有所聞了。

這裡再度要提醒讀者：兒童劇的題材什麼都可以寫，如前提到的神仙妖怪、衣服鞋襪都可以成為主角，但要把握一點，兒童劇的主題一定要有教育性，因為兒童的悟性不高，主題不能太晦澀，一定要鮮明突出，使兒童容易瞭解。其次題材要有趣味、富娛樂性，而且能為兒童所接受的，最好是日常生活面。第三劇情要簡潔雋永，兒童才有新奇感，能做到這三點，最起碼也是受兒童歡迎的兒童劇了。

兒童劇舉例

下面是半個小時的兒童劇，原為電視劇，作者改為舞臺劇。

例八十　兒童劇舉例

《黑狼的詭計》

主題：

要謙虛誠實，互相幫助，不可出賣朋友。

人物：

獅　子：威猛，但富正義感。

老　虎：驕傲自大。

黑　狼：狡猾善變。

小母猴：精明多嘴。

小來富：純真而稚氣的小狗。

布景：

第一景：森林，樹木巨大擎天，一邊岩石，石中有洞，洞口斜對著舞臺正上方，枝葉遍地，潮濕，陰暗。

第二景：森林邊緣，草原上怪石嶙峋，兩塊巨岩接著兩邊樹林，中間草地，下面是一個陷阱。

第一幕

第一場

景：一景

人：獅、猴

時：中午

（幕沉夕的垂落著）

（森林的風濤漸漸升起）

（傳來獅吼）

（幕在獅吼中升起）

（從濃密的枝葉中漏下一縷強光，將陰暗的舞臺照亮）

（深草叢中竄出獅子，他憤怒、焦急的大踏步徘徊，不時發出低吼）

（猴從樹枝上躍下，躲在石後偷看著獅，懾懦的走出來，跟獅打招呼）

猴：獅伯伯，你不舒服嗎？

獅：（煩惱地）走開走開，不要來煩我！

猴：獅伯伯，究竟什麼事，我可以幫忙嗎？

獅：你辦不到！

猴：（不服氣，好勝地）你不要瞧不起我，想起我老猴，祖先鬧過天宮，做過齊天大聖，你看我個子小，我靈活、有頭腦，會出主意……

獅：噢？你會出主意，你倒要出個主意救救我的好朋友老虎，他一早就被獵人捉去了！

猴：你是說老虎叔叔，他怎麼會被獵人捉去的呢？他是那麼強壯有力！

獅：猴兒，你真是多嘴，他是中了可惡的獵人詭計，跌入陷阱裡，才被捉去的，我好傷心，我正等他回來共同享受那一頓山羊大餐！

猴：你是說上次你們捉到的那一頭長生不老的野山羊？

獅：你的記性真好，那是頭可愛的野山羊，他的肉可以延年益壽，我要等我的好朋友來共享！

猴：你趕快去救虎叔叔呀！

獅：可是他已經被獵人綑起來抬走了，我到哪裡救他呢?!

猴：（著急，跳叫）獅伯伯，你是森林之王，你不會命令老鷹、烏鴉他們去偵探麼？你一定得把虎叔叔救回來！

獅：（觸動靈感）對！猴兒你真聰明，為什麼我就沒有想到這一點……

猴：那你快去叫他們來呀！

獅：可是……我們叫他們怎麼去偵探呢，偵探出來以後又怎麼去救他呢？

猴：這個我就不知道了……

獅：小猴兒，你的鬼主意不是蠻多嗎？

猴：（抓耳搔腮）有了，我去問老黑媽，她一定會出個主意！

獅：你是說那個狡猾的老黑狼？她是個大壞蛋，我不願意找她！

猴：獅伯伯，你要救虎叔叔要緊！

（獅沉吟徘徊）

猴：凡是困難的事，老黑媽，總有辦法解決的！

獅：好，我就聽你的！

猴：我們一起去找她吧！

（獅猴下）

（幕急下）

（森林風濤聲升起）

第二場

景：一景

人：虎、猴、狗、狼

時：下午（接上場）

（幕在音樂中徐徐升起）

（樹林中的陽光偏移，表示時光已是下午）

（虎帶著狗匆匆忙忙的奔上，氣喘呼呼）

虎：（餘悸猶存）小來富，現在安全了，我們已經回到森林的老家！

狗：（好奇的嗅）這是你的家嗎？……比不上我的家舒服，這裡沒有沙發、洋娃娃，也沒有愛我的小女孩，這裡不好玩！

虎：（拍了拍狗的頭）小傻瓜，你本也是森林中的動物，後來被可惡的獵人捉去養起來，漸漸就忘記你的老家了！

狗：我的主人也是獵人，其實我倒覺得他蠻好的！

虎：他多殘忍，我從籠中掙出來，他就給我一槍，要是我跑不快，早死啦！

狗：你不應該帶我逃的，我不是屬於這裡的……

（猴猛的從洞口跳出來，虎嚇了一跳，立作戒備，見是猴，才放下心）

猴：虎叔叔，是我！

虎：我以為又是那可怕的獵人來捉我了！

猴：你怎麼逃回來的！虎叔叔，是獵人放你回來的嗎！

虎：（狂傲的）當然是我自己逃回來的，森林中還有誰有我這樣的本事?!

猴：了不起，可是你怎麼逃得掉……？

虎：是我用我鋼鐵般的牙齒，咬斷了籠子的鐵條，還把小來富給帶了出來！

（虎指狗）

猴：他叫小來富？

狗：（作戒備狀對猴）汪！

虎：小來富，猴子是我的部下，不用怕！小猴兒，他是馬戲團玩把戲的，獵人也想訓練我來為他賺錢！

猴：（佩服地）虎叔叔，你是森林中的大英雄，我敬佩你！

虎：小猴兒，你認為我比起老獅來，哪一個本事最大？

猴：（不知所措）這個……

虎：快說，不要敷衍我！

猴：（靈機一轉）我也許會想，萬一獅伯伯被人捉去，就不一定能像你一樣逃得出來！

虎：（大為高興，拍猴肩）你真是個聰明的小東西！那麼你認為我與老獅哪一個配享受那一頓既美味又益壽的野山羊大餐？

猴：我沒想過這個問題，虎叔叔，你想一個人獨吞嗎？

虎：當然我有這個權利，我從獵人手中逃出來，證明我的能力、智慧都比別人高一等，森林之中，有誰比得上我，應該由我來……

猴：虎叔叔，獅伯伯正等著你回來吃，剛才我們還去想辦法救你！

（狼偷偷摸摸的上，鬼鬼祟祟的走近）

虎：老黑狼，我已經看見你了！

（狼只得現身，朝虎豎大拇指）

狼：虎先生，我就是佩服你，沒人能騙過你！

虎：（得意的）你應該擁戴我當森林的大英雄！

狼：我早就想推你做大英雄，只是一直沒有機會！

猴：好了，事情可以解決了，能幹而又多計謀的老黑媽，總會解決這件事情的！

（狼忽然發現躲在虎後的狗，驚喜的）

狼：他是誰？

虎：小來富，我的戰利品！

（狼一直嚥口水，舐嘴巴，又懼於虎威，狡猾的笑起來）

狼：虎先生，你真是大英雄！

虎：老黑狼，你不愧是我的好朋友，你要永遠跟我合作！

狼：我一切聽你的吩咐，我的森林大英雄，不過……我要把這件事告訴所有森林中的朋友，告訴老獅，大家商量選一個好日子，擁你做森林中的大英雄！

虎：（神氣起來）我命令你馬上去辦這件事，越快越好！

狼：（做作、俯伏在地）遵命！

（虎睥睨左右，猴狗懼慄亦俯在地）……

虎：（得意）哈……我先要去睡一個大覺，等我醒來的時候，你們再來見我……哈……

（虎揚長而下）

（狗尾隨而去）

（猴看看狼，起身想走）

狼：小猴兒，去辦事吧！

猴：獅伯伯快來了，他找老烏鴉去了！他不知虎叔叔逃出來了！

狼：（眼珠一轉，計上心來）小猴兒，你去找獅伯伯來，我在這裡等你們，我要替他們解決野山羊的大事！

猴：好的，老黑媽，你別走，我去找獅伯伯來！

（猴下）

（狼倚樹托腮沉思）

（獅喪氣的低頭上）

（狼立即閃躲起來）

獅：（自語）我枉為森林之王，我最好的朋友被獵人捉走了，我卻無法去救他，我太沒有用了，老烏鴉找不到，老黑狼也不來……

（狼趁機躍出）

狼：獅伯伯，我不是來了嗎！

獅：小猴兒找你了嗎，你想出辦法來救虎先生嗎！（一把抓住狼）

狼：辦法是想出來了，可是已用不著了！你抓痛我了！

獅：為什麼？（鬆手）

狼：這是一個更不幸的消息，你那頭延年益壽的野山羊就要被別人獨吞了！

獅：是誰，誰敢跟我作對？

狼：（附獅耳）那不是別人，就是你最好的朋友老虎先生！

獅：胡說，他一直是我最信賴的朋友，而且他現在並不在森林裡！

狼：他逃出獵人之手，正因為如此，他要跟你比一比英雄呢！

獅：老黑狼，你一定在挑撥是非，我要撕碎你的背脊骨！

（獅要抓狼，狼跳到一邊去，作揖打恭地）

狼：獅伯伯，我豈敢騙你，不信你可問問小猴兒，老虎先生正在祕密進行要向你挑戰呢！

獅：你說的可是真話？

狼：難道我活得不耐煩了，愚笨到來欺騙我的森林之王？

獅：（傷心的）這樣說來，是真有這回事了！

狼：獅伯伯，這樣忠心於你的我，你反不相信，背叛你的人，你卻把他當好朋友！

獅：太可惡了，也太叫我傷心了，我為他焦急，為他憂傷，他反而背叛我，老黑狼，快告訴我他在哪，我要去撕碎他的骨頭！

狼：你千萬不能去！

獅：為什麼？

狼：你去找他，恰好中了他的計，你不如等著，讓我來替你解決這件事！

獅：老黑狼，你一定要忠於我，不能出賣我！

狼：你是我最尊敬的王，我完全聽命於你！

獅：那麼，你說我現在應該怎麼辦呢！

狼：我這樣替你出了個主意……

（狼附獅耳語一陣）

獅：好計好計，快去辦吧！

狼：（故作孝順狀）遵命！

獅：快去！

（狼下）

獅：（悲傷的）老虎啊，你為什麼要背叛我呢，我心裡有多憂傷啊……等下聽候森林族類來判決吧！

（獅垂頭下）

（幕急下）

第三場

景：一景

人：狗、虎、狼、猴

時：下午、近黃昏

（幕徐啟）

（從樹枝上照下的陽光已偏西，顯示已近黃昏）

（虎與狗上）

（虎狗坐在地上）

虎：（拍狗頭）小來富，我馬上就被推舉為森林的大英雄，你就是大英雄的侍從，你就有大權力……

狗：（天真的）我有什麼大權力，有用嗎？

虎：小傻瓜，權力可以指揮別人服從你，我可以叫森林中所有的動物聽從你的指揮，就如聽從我一樣！

狗：（傻笑）哈……虎叔叔，你這種本事真了不起，從哪裡學來的？

虎：這是我天生就有的本事，不過……還加了一點人類的智慧！

狗：（不解的）人類的智慧？

虎：不錯，我是跟人學的，覺得人類很狡猾，我從獵人那裡學來了智慧，利用這個智慧，再加我的天生本領，我就可以做森林的大英雄，哈……哈……

狗：（跟著傻笑）哈……

（狼鬼祟上）

狼：虎先生，你不要太得意，事情可麻煩了！

虎：老黑狼，難道還有人敢反抗我嗎？

狼：（委屈的）別說了，差點我送了命！

虎：快說，誰敢欺侮你？

狼：是……是獅子，我將你的話轉告他，哪曉得他跳起來就揍了我一頓，要不是我天生兩條快腿，我早沒命來見你啦！

（虎怒吼如雷、暴跳）

虎：真是豈有此理，他這是故意給我難看，我絕不放過他！

狼：可不是，他還要來殺你哩！

虎：好！我也要去找他，反正我們兩個，一定有一個倒下！那個人絕不是我，而是他！

（虎就要下去找獅）

（狼攔住）

狼：虎先生，你是一個智者，你這麼怒衝衝去找他，豈不正好中了他的詭計嗎？

虎：你說得對，那麼快給我想個主意，好叫我立刻殺了那頭不自量力的獅子！

狼：我早就替你想好了，事情要這樣做……

（狼附虎耳，低語一陣）

（虎聽得入神，連連稱是）

虎：妙計！妙計！你不愧是個小聰明，可是有些事你還是不如我……

狼：（奉承的）當然！當然！虎先生，你是智勇雙全，我怎比得上你！

虎：（得意）哈……你不愧是我的心腹好友！我一定要重重賞你！

狼：不敢，只要虎先生多照顧我一點，我就受用無窮啦！

虎：你是我的功臣，你的計策最好，等我回來封你作我的侍臣！

狼：謝謝你的提拔，現在時間不早，你可以按計去實行了！

虎：對！我現在就去！（作殺人狀）……（下）

（狗要跟虎下，被狼攔住）

狼：你去會破壞虎先生的大事！

狗：我要跟他去，不然我害怕！

狼：（扮出笑臉）嘻嘻，小來富，不用怕，我叫老黑媽，虎先生最相信我，你跟我走絕沒有錯！

狗：我在這裡等他，虎叔叔吩咐過不許我亂走的！

狼：我帶著你，誰也不敢動你一根汗毛！

（狼貪婪的撫摸狗大肥屁股，饞涎欲滴）

狼：真不錯……一定很有滋味！

狗：你說什麼，有什麼滋味！

狼：我是說有趣味！嘻嘻……來，我帶你去玩！

（狼要帶狗走，狗猶豫）

（猴上，一見此景，嚇了一跳，閃躲一邊偷看）

狼：快走呀，虎叔叔也許在等你啦！

（狼硬挾著狗走了）

猴：不好，小來富有危險了，我得想法子救他！

（幕下）

第二幕

第一場

景：二景

人：獅、虎、猴、狗、狼

時：黃昏

（幕啟時，夕陽的餘暉照著西北巨石上）

（獅坐在岩石上，滿懷希望的打量四周）

獅：老黑媽真是我最忠實的功臣，她替我安排的，我相信可以成功！我且等著他們，老黑媽一定會將森林中的動物全部請來，然後幫我去攻擊那個忘恩負義的老虎！

（O.S. 虎的吼聲幕後傳出，虎躍上）

（虎躍上另一塊巨石）

（獅立刻閃在石後）

虎：（回顧）老黑狼怎麼還不把他們請來，還要我先等著？

（虎傲然盼顧）

虎：（揚聲）森林中的朋友們，你們還不出來，難道老黑狼沒有告訴你們，我是森林中的大英雄，你們應該來向我行禮！

（獅聽得張牙舞爪，氣得要死）

虎：（等了一會，沒有回聲）大概他們還沒來，我且休息一會！

（虎大模大樣坐在巨石上，閉目養神）

（獅一聲巨吼，跳上虎對面的巨石）

獅：（指著虎大罵）你這個沒有道義的東西，你竟一點不念朋友之情，想要獨吞野山羊，設計來攻擊我，你實在是個狼心狗肺的東西！

虎：你少罵人，這事也不能怪我，因為我的本事比你強，當然由我來分配那自然的寶物野山羊！

獅：你就忘了朋友之義，你被獵人捉去，我多憂傷，又是多麼想辦法去救你……

虎：哈……說得好聽，你想辦法救我？是我自己逃出那可怕的獵人之手，我問你，你有這個本事麼？

獅：你既然逃出來，我們朋友就更應該合作，防護我們的森林王國不再受獵人的侵害，你反而要搶我的野山羊，你還有良心，你還講道義？

虎：這種話應該由有本事的人來說，等下他們來了，你必須立刻交出那頭延年益壽的野山羊！

獅：好大的口氣，在他們沒來齊以前，你的生命就到了完結的時刻了！

虎：（作戒備狀）你想比一比麼！

獅：我要收拾你這個無情無義的狂徒！

虎：好，我們就分個高下吧！

（獅虎相對作勢，咬牙切齒準備要打架）

（狼挾著狗至，狗要叫喊，叫不出聲）

（猴尾隨上，見了獅虎情形，大急）

獅：我要撕碎你的骨頭！

虎：我要你嚐嚐我鋼牙的厲害！

（獅虎相對撲來，一齊跌進當中的陷阱）

（狼狂笑，一面挾住狗，從隱處走出）

狼：哈……哈……

（獅虎一齊向狼伸手求援）

獅、虎：老黑媽，快救我上去！

狼：我的好朋友們，你們上了我的當了，現在你們乖乖的看著我來獨享那一頭長命延壽的野山羊吧！

獅：什麼，你也要獨吞那頭野山羊？

狼：在這森林的王國中，誰比我更足智多謀？當然由我來享受長壽的快樂了！

虎：老黑狼，你怎麼也背叛我，你不是稱我為大英雄嗎？

狼：虎先生，你太天真了，你是一個背叛朋友的傢伙，我會稱你為大英雄？

獅：可是你是我的功臣，你應該忠於我！

狼：老獅，可是我想過過延年益壽的癮呢！

獅：你這個狡猾的老黑狼，我要殺死你！

虎：我要咬碎你的骨頭！

狼：你還是慢慢欣賞我如何咬碎小來富的骨頭吧！

狗：（大驚）呀！（掙扎）

狼：你逃不掉的！好吧，我好久沒打牙祭了！

狗：救命，虎叔叔，獅伯伯！救命！

虎：你敢動他一根毛！

狼：偉大的森林英雄，你還是少發脾氣，仔細看著你的戰利品，如何填飽我的肚子！然後我再去享受那可口的野山羊！

獅：你不能碰他！

（獅虎急得直跳，但跳不出來，有幾次獅幾乎要跳出來，卻失敗了）

狼：你們跳不出來的，這是獵人專門挖來捉獅豹的陷阱，我將它改裝一下，你們一點也看不出來！

獅：混蛋東西，快放了小來富，我馬上命令所有的森林王國的族類向你進攻！

狼：森林之王，你命令吧，沒有人聽你的，反而他們會聽命於我！

獅：你這個可惡的卑鄙東西！

（狼得意的嘶叫一聲，狗聽得哆嗦）

狼：好了，我肚子也餓了，小來富，我應該先享受你的哪一部分呢！

（狼打量狗身，不知從哪裡下口）

（猴大急，一頭碰在石上，摸摸頭，有了計策）

猴：（故意大叫）獵人來啦！獵人來啦！快逃！

（狼大驚，手一鬆，狗趁機溜走）

狼：獵人在什麼地方？

猴：就在那邊（指遠處），快逃命！

（猴飛奔而去）

（狼見猴逃，才信以為真，逃下）

（猴重上，見狼不在，才溜近陷阱邊）

狗：虎叔叔，快跳上來！

虎：陷阱太高，我跳不上去！

（猴拿了一根粗籐上）

猴：你們快上來！

（猴將籐一端繫在樹上，一端放下陷阱）

（獅搶先跳出）

（虎仍跳不上，獅幫忙虎才跳上來）

虎：小猴兒，獵人呢！

猴：是我騙老黑媽的，不然我怎麼救你們，救小來富呢！

獅：小猴兒，只有你最聰明，我們兩個都被老黑狼愚弄了。

虎：老獅，我……（慚愧的）我怎麼說呢?!

猴：你不該背叛獅伯伯的，他一直為你著急，為你憂傷！

虎：是我不應該！

獅：你知道錯了麼？

虎：我比不上你，你比我先跳出陷阱，證明你的本事比我高，而且，你還幫助我跳出陷阱，你的人格道義更比我高，應該由你來支配那頭野山羊！

猴：虎先生，你不該起野心，自傲自大，才給老黑媽抓住機會，挑撥你們的感情，差一點你們全要同歸於盡！

獅：好了，現在我們還是好朋友！

（獅虎和好握手）

猴：就是呀，虎叔叔，你要學學獅伯伯的度量，他是最……

獅：小猴兒，你又多嘴了……

（猴不好意思的抓耳搔腮，跳上巨石去，忽然他怔住了，望著遠處）

猴：快逃，快逃，獵人真的來了，他們好幾個要從這邊下山去！快逃呀！

（眾一齊逃下）

（狼鬼鬼祟祟上）

狼：怎麼這麼久不見獵人，莫不是我上了他們的當？

（狼走近陷阱，發現獅虎已逃，狼摸摸籐條）

狼：（咬牙切齒）可惡的小猴子，我就知道是他搞的鬼！

（狼站陷阱邊發愣，又氣又惱）

（一枝獵槍在樹叢枝葉中伸出對準狼）

狼：（自語）既然他們逃出來了，一定會回來找我，不會放過我的，三十六計，我還是走為上計！

（狼轉身要走，突見獵槍）

狼：我的媽……

（砰的一槍，狼歪了歪，仰面向陷阱倒下）

（舞臺徐暗）

（幕徐下）

——劇終——

第六章　地方戲曲編寫法

我國的戲劇自古即被稱為「戲曲」，是因為配合調門唱的關係，所以戲與曲是連在一起的。戲必須要唱，曲配上詞、道白、動作就成了戲，這是我國戲劇的特色，幾千年來一直保持這種傳統的風格，內容與形式上，地方戲曲雖也有稍為改變的，但仍脫不了這個窠臼。

地方戲曲的種類

我國的地方戲曲多以地方方言來區分，例如流行在北平一帶的，叫平劇；古北平為京城，所以也叫京劇，別的地方的地方戲曲，差不多以平劇為藍本，配上地方方言及風俗習慣，內容大同小異，若要硬性分，則可以分為平劇、粵劇、豫劇、閩劇、湘劇……等。

以型態分，有平劇、木偶戲（布袋戲）、影子戲、猴皮戲等，應該都屬於舞臺劇的範圍。

地方戲曲的內容多半是歷史上忠孝節義的故事，再不然就是民間傳說，脫不了神怪的色彩。

臺灣的地方戲以歌仔戲為主體，歌仔戲雖然因南北地區而有分別，整體來看，區別不大，而是與大陸閩南地區的地方戲是一個淵源。

臺灣的另一地方戲則是布袋戲，在民間也很受歡迎。

地方戲曲的特性

地方戲與別的戲劇最大不同有兩點，現在分別說明如下：

一、**唱詞做工並重**

地方戲中的曲調有固定的調門，例如平劇，有各種不同的調門，歌仔戲也有一定的曲調，按曲調「填詞」，這是地方戲劇最大的特色。

二、**濃厚的鄉土氣息**

這是地方戲劇的特色，也是地方戲劇的長處，正因為它有濃郁的鄉土氣息，所以很受民間廣泛喜愛，在地方有深厚的根基。

三、**夾雜著神怪色彩**

這是因為地方戲劇的內容多是民間傳說的關係。

地方戲曲的寫作

時代在進步，戲劇當然也是在進步中，唯有地方戲曲的進步不太顯著，前數年有人提出要改寫平劇，有人主張改革歌仔戲。到了今天，這種改革不大，作者所以要將地方戲曲的編寫法專闢一章來談，就是要讀者對地方戲曲的改革付出熱衷的關切和力量。地方戲曲來自民間，有廣大的民間觀眾，它的影響力不容忽視，將地方戲曲帶入現代的、健康的、完美的境界，是現代劇作家的責任。

一、**擴大地方戲曲的內容範圍**

地方戲曲囿於傳奇、傳說以及歷史故事的範疇，成了一定的內容型態，永遠脫離不了固定的表達方式，觀眾一再重複的欣賞同一劇情的結果，便是趣味的淡化，逐漸的喪失了觀眾，這些題材又與現實脫了節，客觀上表達的事物也與觀眾有了距離，所以要改革地方戲曲，首先要擴大內容範圍，加入新的題材，不妨將「近代」史實注入地方戲曲內容中，這是一個可試行的方向。

二、**強化「唱」的曲調**

有人說地方戲的曲調有其傳統歷史，輕易的改變了，只怕不倫不類，得不到觀眾好感，但有些無意義的「尾腔」、「花腔」等，拖得過長，半天劇情被縛束在一點上不動，觀眾的漸漸不耐煩感覺，在工商忙碌的今天來說，也是不爭的事實，這也是值得一試，儘量減少「唱」，美化「唱」。

三、**保持地方戲曲的特色**

地方戲曲濃郁的鄉土氣息，不但不可抹煞，而且要發揚光大，但這個方向應以現代的標準進行，不能拘泥於古人的餘蔭，也就是說要表達鄉土氣息現代的一面，建立起時代的道德標準。

這是寫作「現代」地方戲曲一些原則，至於技巧方面，注意「填詞」是重要的部門，歌仔戲有七字一句的，也有五字一句的，調子是固定的，平劇則有多種調門。

例八十一　地方戲曲舉例

《雷峰塔》

劇情簡介：

《白蛇傳》是我國家喻戶曉的民間故事，根據這個故事改編成的地方戲曲，可以說各地都是。這個例子是清方成培所撰，是屬於平劇的唱腔，摘其《斷橋》一段，十分精彩，讀者可由這個片段，看出我國的地方戲曲之一斑。

《斷橋》

（商調過曲）（山坡羊）（旦、貼上，旦唱）頓然間鴛鴦顏，奴薄命孤鸞照命，好教我淚珠暗流，怎知他一旦多薄倖！

旦：啊呀！

貼：娘娘，吃了苦了！

旦：青兒！

貼：娘娘！

旦：不想許郎聽信法海言語，竟不下山，我和他爭鬥，奈他法力高強，險被擒拿，幸虧借水遁來到此地臨安！啊呀，不然險遭一命。

貼：娘娘，仔細想將起來，都是許宣那廝薄倖，若此番見面，斷斷不可輕恕！

旦：便是！

貼：啊呀，娘娘，我們如今往哪裡藏身是好呀！

旦：我向聞許郎有一姐丈，名喚李仁，在此居住，我和你且投奔到彼，再作區處！

貼：只是從未識面，倘不肯留，如何是好！

旦：我們且到彼處……

貼：如此，娘娘請！

（旦行，作腹疼介）

貼：娘娘為什麼？

旦：我腹中疼痛，寸步難行，怎樣捱到彼？

貼：吓，想要分娩了?!前面便是斷橋亭，待我扶你到亭內，少坐片時，再行便了！

旦：咳，許郎呀，我為你恩情非小，不想你這般薄倖，啊呀，好不悽慘人也！

貼：可憐呀！

（旦唱）你忒硬心，怎不教人兩淚零零，無端拋閃，拋閃無投奔，啊呀，細想前情，好教心氣滿襟，（旦、貼合唱）凄清，不覺的鸞鳳分，傷情，怎能夠共和鳴！（同下）

（小生上）

（前腔）（生唱）一程程錢塘將近，驀過了千山萬嶺，錦層層足踏翠雲，虛飄飄到來俄頃，記此行漏言禍非輕，前情往事長追眷，尋思教我，兩下分如迸，只怕怨雨愁雲恨未平，（合）追眷，感垂憐相救恩，傷情，痛遭魔心暗驚。

（旦、貼內白）

貼旦：許宣，你好心狠也！

（小生跌介）

生：啊呀，諕死我也，諕死我也，你看那邊來的明明是白氏，青兒，啊呀，我今番性命休矣！

（仙呂引子）（五供養）（生唱）我雙眼定睛！
（旦、貼內白）
旦貼：許宣，你好絕情也！
（生繼唱）呀！忽聽她怒喊連聲，遙看妖孽到，心內顫兢兢，啊呀，蒼天憐憫，更沒處將身遮隱。怎得天相救這災害？罷，我不如拼命向前行。
（貼扶旦上）
（仙呂過曲）（玉交枝）（旦唱）輕分鸞鏡，哪知他似豺狼心性。思量到此教人恨，全不想伉儷深情。
貼：娘娘，你看許宣見了我們，反自驚惶，潛身奔逃，唏，好不可恨！
（旦怒）
旦：不必多言！我和你急急趕上前去，（繼續唱）誰知此番絕恩情，教人不覺添悲哽！
（跌介）
（貼扶旦，抱腰）
貼：娘娘，看仔細！
旦：哎喲！（繼唱）哪怕伊插翅飛騰，我這裡急忙追奔！

（同下）

（生上）

生：啊呀！（唱）（川撥棹）真不幸，共冤家狹路行，嚇得我氣絕魂驚，嚇得我氣絕魂驚！（白）且住，方才禪師說，此去若遇妖孽，不可害怕，啊呀，哪哪哪！她緊緊追來，如何是好！也罷，我且上前相見，生死付之天命便了！（唱）我向……向前時，又不覺心中戰兢。

（旦上）

旦：（接唱）笑伊行何處行?!

（貼上）

貼：（接唱）笑伊行何處行?!（白）許宣，你還要往哪裡走？

旦：唔？

生：啊呀，娘子吓！

旦：你好薄倖也！

貼：哧！

生：啊呀，娘子為何如此狼狽？

旦：你聽信讒言，把夫妻恩情，一旦相抛，累我每受此苦楚，還來問什麼？

生：娘子息怒，你且坐下，聽卑人一言相告。

貼：哪哪，又來了！

生：那日上山之時，本欲就回，不想被法海將言煽惑，一時誤信他言，有累娘子受此苦楚，啊呀，實非卑人之故詎！（哭介）

貼：啐！你且收了這假慈悲，走來！

生：青姐有何話說？

貼：我娘娘何等待你？

生：娘娘是好的呀！

貼：可又來了，也該念夫妻之情，虧你下得這般狠心？

生：啊呀，冤哉呀！

貼：於心何忍呀！

生：青姐，這都是那妖僧不肯放我下山，望恕卑人之罪！

貼：呣呣呣！

（生跪向旦）

旦：冤家吓！

（生為旦挽髮介，旦推開，貼挽介）

旦：（唱）（商調過曲）（金落索）曾同鸞鳳衾，指望交鴛顏，不記得當時曾結三生證，

如今負此情，反背前盟！

生：卑人怎敢！

旦：吓，（繼唱）你聽信讒言忒硬心！

生：卑人不是了！

旦：（繼唱）追思此事真堪恨，不覺心兒氣滿襟。

生：娘子，不要氣壞了！

旦：（繼唱）真薄倖，原何屢屢起自心？

生：娘子，不要動氣！

貼：不許開口！

旦：（繼唱）害得奴幾喪殘生，進退無門，怎不教人恨？

（旦轉坐介）

（貼揉旦背介）

貼：娘娘，不要氣壞了身子！
生：（唱）（前腔）娘行須三省，乞望生憐憫，我感你恩情，指望諧歡慶！
旦：你既念夫妻之情，怎聽信禿驢言語？
生：（繼唱）娘行鑒慈心，望垂情。啊呀，叵耐他言忒煞狠，教人怎不心兒驚？聽他一剗胡言，幾做鸞鳳分。
旦：啊呀，氣死我也！
生：娘子，望海涵。（作揖介）
旦：啐！
貼：這時候陪罪，可不遲了?!
生：（繼唱）也煩伊勸解，全仗賴卿卿，伏望娘行，暫息雷霆，望陪罪，望歡慶！（跪介）
旦：起來，下次可敢了？
生：以後再不敢了！
貼：未必！
旦：起來！

生：多謝娘子！（起介）

旦：只是我們如今向何處安心是好？

（貼氣介）

生：不妨，且請娘子到我姐丈家中住下，再作區處。

旦：但此去，切不可說出金山之事！倘若洩漏，我是不與你干休！

生：謹依遵命，娘子請！

（旦雙手掇肚）

旦：啊呀！啊呀！

生：青姐，我和你扶娘娘到前面去！

（貼不應介）

生：娘子你看青姐，總是怨著卑人，怎麼處？

旦：青兒！青兒！

貼：娘娘！

旦：我想此事非關許郎之過，多是法海那廝不好，你也不要太執性了！

貼：娘娘，你看他總是假慈悲，假小心，可惜辜負娘娘一點真心！

旦：咳！只是我腹中十分疼痛，寸步難行！

貼：想是要分娩了！

生：既如此，待卑人與青姐扶娘子到前面，喚乘小轎而行便了。

旦：許郎呀！（唱）（尾聲）此行休得洩真情。

貼：咳，（繼唱）兩下裡又生歡慶！

旦：（繼唱）只恨我命犯迍邅，啊呀，遇惡僧！

（生扶旦下，貼隨下）

——本段終——

◎戲劇藝術之發展及其原理

趙如琳　譯著

本書為趙如琳先生研究戲劇多年的心得結晶。書中共分為上、下兩篇，上篇特別闡明戲劇發展的四個主要型式；對羅曼主義之興起與沒落、寫實主義戲劇應運而興替進行透澈的說明；對史丹尼斯拉夫斯基的表演藝術體系之形成、發展、衍變及影響進行系統性的分析；舞臺藝術之轉變與發展亦有全面性的探討。下篇翻譯漢米爾頓的名著《戲劇原理》，極具研讀和參考價值。對於戲劇藝術工作者與戲劇文學研究者，本書是不可或缺的最佳參考資料。

◎戲劇欣賞——讀戲・看戲・談戲

黃美序　著

本書作者黃美序先生擁有豐富的劇場經驗與理論學養，在書中捨棄傳統枯燥的論述及學術用語，而以日常生活的常情、常理來描繪、介紹中西戲劇的發展和形式，以及他個人對讀戲、看戲、談戲的經驗感受，使讀者輕鬆進入戲劇藝術的國度。

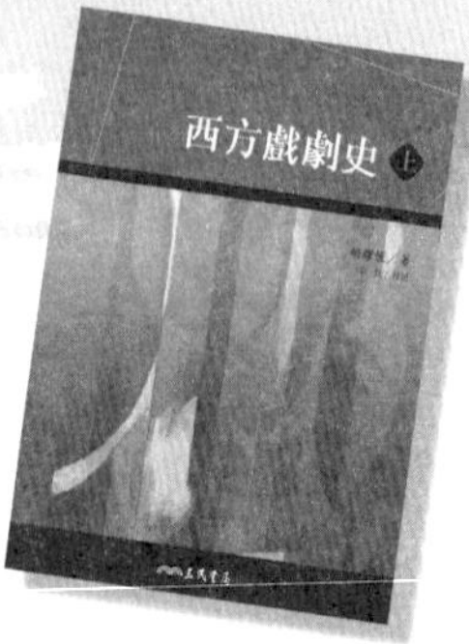

◎西方戲劇史

胡耀恆　著

本書共十七章，約五十三萬字，呈現西方戲劇的演變，從公元前八世紀開始，至二十世紀末葉結束。主要內容概由以下三方面循序鋪陳：一、戲劇史。呈現每個時代戲劇的全貌，探討其中傑出作家及其代表作，對於許多次要作品也盡量勾勒出輪廓。二、劇場史。介紹各個時代與戲劇表演有關的場地、設備與人員，並配合適當圖片輔助理解。三、戲劇理論。擇要介紹西方從遠古至當代的主要戲劇理論，並且針對它們的文化特徵與歷史淵源作全面的探討與深入分析。

◎中國近代通俗戲劇　陳龍　著

本書以大量的歷史史料，從通俗文學的角度與立場，對近代通俗戲劇做歷史的爬梳與描述。作者透過對通俗戲劇文本創意和演出情形的深入分析，對通俗戲劇生成的歷史條件、新劇的產生、新劇的改良以及通俗戲劇的人生視界、藝術型態等提出自己獨特思考。

◎電視劇：戲劇傳播的敘事理論　蔡琰　著

本書首兩章介紹電視劇戲劇傳播之特性，分由敘事理論對故事和論述的臆測提出理論解釋與名詞定義，第三章說明電視劇敘事者如何運用象徵符號編撰社會百象，再現文化共識和集體記憶，第四章討論有關電視劇文本之內在要素、結構公式。至於觀眾接收電視劇的心理過程、涉入與距離的審美態度，則係第五章有關電視劇虛實相映本質問題的討論基石。未來研究應可續由敘事生態觀點討論電視劇與社會文化環境之關連。

◎觀想與超越：藝術中的人與物　江如海　著

本書從紊亂雜蕪的物質現象中，探尋各種可供感知與想像的藝術表現形式，進而揭露出當代生活中人可貴的存在經驗；也從人與物、創作者／欣賞者與作品媒材的關係架構中，勾勒淵遠流長的人文傳統與普世價值，進而描繪出當代藝術滿足人對我意識提升的重要性。透過本書，讀者將不難發現，藝術不僅僅是一種單純的品味好惡，更是人聯繫到世界萬物重要的知識橋樑。由作品實際的體驗、描述與分析出發，到作品中人文特質來龍去脈的闡述，本書可以幫助讀者建立觀賞與評量當代藝術的方向感與自信心，是理解當代藝術的創作形式、人文價值的最佳入門導引。

◎記憶的表情：藝術中的人與自我　陳香君 著

本書作者以深入而淺出、理性但又充滿感情的語言和筆調，繪製出一張張從藝術出發，探訪人與自我祕密花園的尋寶路線圖。豐富的歐美與臺灣現當代藝術家的創作故事，以及深刻內省的人生記憶書寫，使得這本入門書讀來同時充滿美學和哲學的興味。

◎岔路與轉角：藝術中的人與自我　楊文敏 著

作者以「人」的觀點來探討藝術世界裡所反映的人類本質。永無止盡的追尋，是一切人類世界前進輪轉的根源，不論是追尋知識，追求自己想要的生活，尋找生命的真正意義……。藝術超越一切，無論你我身分如何，處於人生何種階段，都願您在本書中找到共鳴和感動。

◎自在與飛揚：藝術中的人與物　蕭瓊瑞 著

人能欣賞不具現實形狀或物象的純粹形色，就如同對晚霞和雲朵的欣賞，這樣的歷史，可能和人類本身的歷史同其久遠；但人類把「無形狀」和「非物象」當成一種獨立欣賞和創作的內容，則是二十世紀以後才逐漸形成的風潮。本書所介紹的，就是我們簡稱為「抽象藝術」的種種思維與表現。其中最大的特色，就是人類重新肯定媒材、物質獨立存在的價值與意義，讓形、色、畫布、媒材本身，成為被觀看、被欣賞的單純對象。這是人與物直接對話的世界與領域，希望能激盪出更寬闊多元的視野與創意。

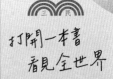

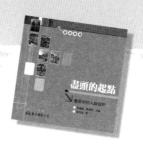

國家圖書館出版品預行編目資料

戲劇編寫法／方寸著.——二版三刷.——臺北市：東大，2024
　　面；　公分

ISBN 978-957-19-3319-1（平裝）
1. 劇本 2. 寫作法

812.31　　111003049

戲劇編寫法

作　者　方　寸
創辦人　劉振強
發行人　劉仲傑
出版者　東大圖書股份有限公司(成立於1974年)

三民網路書店
https://www.sanmin.com.tw

地　址　臺北市復興北路386號　(復北門市)　(02)2500-6600
　　　　臺北市重慶南路一段61號(重南門市)　(02)2361-7511

出版日期　初版一刷 1978年2月
　　　　⋮
　　　　初版十四刷 2018年1月
　　　　二版一刷 2022年5月
　　　　二版三刷 2024年9月
書籍編號　E980020
ISBN　978-957-19-3319-1